U0933593

# 座头鲸赫连么么

刘克襄 著

人民文学出版社
PEOPLE'S LITERATURE PUBLISHING HOUSE

**著作权合同登记号　图字 01-2018-2193**

**图书在版编目(CIP)数据**

座头鲸赫连么么/刘克襄著. —北京:人民文学出版社,2020(2021.3 重印)
(刘克襄动物故事)
ISBN 978-7-02-014207-1

Ⅰ. ①座…　Ⅱ. ①刘…　Ⅲ. ①长篇小说-中国-当代
Ⅳ. ①I247.5

中国版本图书馆 CIP 数据核字(2018)第 086168 号

责任编辑　**卜艳冰　杜玉花　杨　芹**
装帧设计　**汪佳诗**

出版发行　**人民文学出版社**
社　　址　**北京市朝内大街 166 号**
邮政编码　**100705**
网　　址　**http://www.rw-cn.com**

印　　制　**杭州钱江彩色印务有限公司**
经　　销　**全国新华书店等**

字　　数　**128 千字**
开　　本　**890 毫米×1240 毫米　1/32**
印　　张　**7.75**
版　　次　**2020 年 10 月北京第 1 版**
印　　次　**2021 年 3 月第 2 次印刷**

书　　号　**978-7-02-014207-1**
定　　价　**39.00 元**

# 动物小说是一座森林

刘克襄

在我们居住的星球上，一座拥有许多高山的岛屿，位于海洋和大陆的交界，又坐落在温度适宜的纬度，这样允当的自然环境，其实并不多。

我很有福气，正好在这样的一座岛屿上出生，并且平安地长大。更幸运的是，从青少年起，在双亲呵护、生活无虞下，拥有足够的时间和机会，在岛上长期观察自然，认识各地山水，逐一见证它广泛而多样的地理风貌。

经历多趟丰收的生态旅行，我才逐渐打开视野，接触到许多动物。同时，透过当代生态保育观念、自然科学新知，以及各地狩猎风俗文化的洗礼，更深入地见识了各种动物精彩而奇特的习性。

如此丰饶的生态环境，以及多样的动物内涵，作为书写题材的基础，无疑也是上苍赐予一位创作者最大的资产。我自当努力，尝试通过不同的叙述风格和书写技巧，展现各种动物的生命意义。并且自我期许，希望更多台湾地区动物的生命传奇，经由自己笔下的故事，展现这块土地动人的自然风貌。

提到以动物为主题的小说，相信许多读者不免直接联想到儿童文学。许多创作者，在思考这类题材的创作角度和内容时，恐怕也会假定，以儿童或青少年为阅读的对象。

久而久之，因为文学潮流的趋势、影像媒体的兴盛，或者以晚近创作呈现的质量评估，这类以动物为主题的文学创作，难免被放置在一般儿童文学之列。目前文学学术词典、百科全书在定义时，更视为儿童文学的领域。

这种理解的趋势，似乎存在着某一种认知，把动物形象和动物小说所承载的广泛可能，局限在儿童的喜爱与领悟层面。文学风潮如是发展，个人觉得未免可惜。

过去，在叙及动物小说时，我每每想起吉卜林《丛林故事》(1894)、杰克·伦敦《野性的呼唤》(1903)和奥威尔《动物农庄》(1945)等不同阶段经典动物小说的内涵，乃至晚近理查德·巴赫《海鸥乔纳森》(1970)、贝尔纳·韦贝尔“蚂蚁”三部曲(1991~1996)之类现代动物小说的标杆，各自有其深沉的寓意，揭橥动物故事的多样繁复。

世界各地皆有如此精彩的动物小说典范，反映作者家园的生活意识和土地情感，那么台湾地区的动物小说呢？

我在书写动物故事时，其实很少定位于孩童阅读的想象，而是期待更多拥有纯稚心灵的成人，一起享受动物世界的奥妙。进而珍爱和尊重这个地球上，不同于人类文化，或者更为重要的自然文化。

在文学命定的议题里，人类和动物之间的关系，绝不只是反映动物与动物、动物与人类之间的感情交流，或者只是把这种交流赋予丰富的人性解释。我总是想办法扩充视野，尝试着使用更新形式的叙述，摸索更多尚未被人类所理解的领域，以及寻找更大的价值。

现代的动物故事，何妨越过儿童世界的层次，进入一个混沌的起跑线，重新设定更多可能的原点？它一方面是对大自然的礼赞、哀歌，或关怀动物生存的论述，一方面更可能是人格成长的小说、心灵冒险的故事，兼而反省人类文化的发展。

进而言之，动物小说作为一个自然写作的界面，既非孩童似的愚呆，也不必屡屡背负人类破坏自然的原罪。面对地球日渐暖化、雨林遭到滥垦、水资源缺乏等危机，一个写作者，除了站在第一线抗争，更大的责任是栽植梦想和希望。

尽管这个课题需要长时间的酝酿、培养，但每回我写出一部动物故事时，那无可言喻的喜悦和满足，仿佛成功地守护了一座森林的欣然成长。我快乐地想象着，每一位读过这些动物故事的孩童或大人，在心里也悄悄地滋生出了一座森林。

将来，这座森林会逐渐蓊郁，逐渐延伸出去，最后和地球上的每座森林、每座海洋，亲密地结合。

目录

关于我的行踪，童年的星星知道。

# 我继续怀念那头座头鲸

座头，系日本江户时代盲人的一种阶级。有一种大型鲸鱼，因背脊肉瘤的排列貌似这一背着琵琶的盲人，故而得名。只是台湾地区晚近依拉丁文学名，另取中文名为大翅鲸。

由于拥有一对宽大的胸鳍，在海里泅泳时，犹若蝴蝶缓缓展翅，姿势飘逸。再加上，常有歌唱、鲸跳和扬鳍等雄伟动作。这类特别不凡的习性，总让我感性地以为，它们是鲸鱼家族里的诗人、艺术家。

但我的浪漫总不抵研究的发展，重新翻读这本时隔二十多年的动物小说，这是必须面对的一个残忍事实。经过多年的调查，海洋哺乳类学者在座头鲸身上，又有了诸多习性行为的发现。在小说大纲和结构不变下，必须修正一些过往文字的不足。我仿佛凝视着一艘停港多年的老旧战舰，考虑着如何整修装备和机器，重新除垢、上油，让它得以顺利出海。

除了修文，插图的编排应该也有所改变。调整为绘本形式，或许能带出更多新境。于是，我又选了鲸跳、仰鳍、育幼、搁浅、深潜、吞食、沉思、凝视、沮丧、抚慰，以及跟虎鲸撞击、对峙等代表性行为，完成了十多幅插图，诠释我的理解。加上其他动植物的辅助，借此一连续图像的创作，我也再次享受，跟座头鲸的对话。

过往动物绘图甚少如此快乐，透过素描的长时浸润，想象自己潜入海洋深处，缓缓贴近它们，摸索其身体每一部位的结构。我隐隐感觉，自己对座头鲸又有了更深层的溺爱。

座头鲸游速缓慢，多半单独生活。夏季在靠近极区的海域，为了觅食会成对或以群体的组合出现。主要食物系甲壳类的磷虾，或者追逐群聚型的小型鱼类，诸如鲱鱼、玉筋鱼等。

它们是非常积极的捕猎者，捕食方法有好几种。譬如直接攻击，或者用长鳍拍打海水，将猎物击晕。最独特的狩猎方式，或许是水泡网捕猎。一群座头鲸集体合作，在群鱼下面围成一个大圈，快速绕圈游动。每头都利用巨大的喷水孔向上喷气，形成帘幕般的水泡网，让群鱼害怕得更加密集围拢。

等水泡网形成漩涡般大圈圈，一头头座头鲸紧接着从海水下方冒出，个个张开鲸须大口，向上牛饮，再筛滤海水。它们利用这种捕猎法，一次可捕捞十几公斤鱼类。愈多座头鲸合作，水泡网可以做得愈大，捕到的鱼群更多。

夏天时，群鲸集体合作，不分彼此。秋冬到南方繁殖时，觅食机会减少，多半是依靠体内储存的脂肪过活。雄鲸为了争夺雌鲸，彼此成为竞逐对手。座头鲸每两三年生一胎，怀胎十一月，平均可活四五十岁。

雄鲸会发出好多种复杂的叫声，有时像牛鸣，亦似猪嚎，也可发出如竹林摇曳的怪声，又或发出某种外星人般的呓语。那是对雌鲸的呼唤，也可能是主权的宣示。鲸鱼专家长年观察后的结论以为，它们在唱一首歌。每年唱同一首，但隔年会更改部分曲子。

从菲律宾群岛、台湾岛、冲绳岛、日本岛到堪察加半岛，原本即有一大洋边的岛屿地理连线，让座头鲸循此海流北上。目前全世界的数量逐渐恢复，估计约有六万只。

台湾岛周遭海域的座头鲸想必过去比现在多。百年前，垦丁即设有鲸鱼港口，跟挪威买了两艘捕鲸船，在南湾一带海域捕捉，直到“二次大战”方才中断。二十多年间，恒春到台东的沿海猎捕了五六百头大型鲸鱼，其中多数为座头鲸。一九五七年捕鲸业在香蕉湾另起炉灶，丰厚的获利吸引民间公司的加入，但是二十世纪七〇年代末国际保育组织的逐渐施压，终在一九八一年台湾地区全面禁止捕捉鲸鱼。

尽管台湾东海岸近年兴盛赏鲸，但目及所见小型鲸豚者为多，只有很少的机会才能看到大型鲸鱼，诸如虎鲸和抹香鲸等。座头鲸更是难得，三四年才有一回罕见的记录。我们每隔好几年，才能在外海看到一头座头鲸，或许也是某一警讯，提醒我们海洋生态环境的现状不容乐观。如果年年经常记录，那才是海洋恢复美好状态的时候吧。

当初为何选择座头鲸为主角，系以一个新闻故事为开端。上世纪八十年代中旬，萨克拉门托河曾有一头座头鲸溯河而上，游荡了好几日，隔几年再重返河道。后来，淡水河河口也曾有一对鲸鱼搁浅，隔天神秘离去。这些故事都让我着迷，却也对其行为有些不解，难以释疑。在科学无法清楚解释前，容我大胆冒险，在小说里寻找可能的答案。

# 死亡的摸索

十三年前的冬天，航海近一年后，我终于有机会目睹自己的军舰于黄昏时驶入船坞，准备远洋前的大修。当海水抽离船坞，这艘约一百米长的驱逐舰被一根根乌黑的横木架立于半空中。

入坞第一天午夜，趁值更时，我爬下约地下三层深度的坞底，沿着铺好的铁板条，小心地走到船头前端。一滴滴沾着船污油渍、散发着腥臭的海水，兀自从黏附船壁的贝壳和油渣间慢慢地渗落。到处响着滴答的水声，有些滴到我的手臂上，不时激起全身森冷的颤抖。这种攀附在船上最后才滴落的海水，一旦沾上皮肤，总会带来好几天持续的刺痛和奇痒。但我已全然不在乎，因为再过不久我就要退伍了。我只是仰头，仔细地凝视着，这个极少全部露出海面的乌黑身躯。

在海上时，我睡觉的位置就在船头锚位附近的前官舱，如果以海中生物的身体来比喻，那儿应该就是大部分鱼类和海洋哺乳类的脑。每天我都要挤进那儿，在一处低矮而窄小的空间里，让疲惫的身子尽量毫无感觉地休息。可是，我也常常无端地失眠，在暗远无尽的夜里，在深沉起伏的浪潮声中睁眼，茫然地呆视着身体紧贴的舱壁，或者是走道上那一盏微弱的赭红小灯。长期的海外漂泊，迫使我和整个社会断了联系。那时有好长的一段时间，我始终强烈地感觉，全世界不知道哪里去了。整艘船是因自己而存在。船上已无生物，只剩自己活着。

有时，我整夜在充满恐惧中睡去，有时，却意外地，很平静而快乐地享受着长期航海所带来的特有孤寂。我相信这种反反复复的心情，正是一种对死亡摸索的经验。死亡，这种生命里最后的成长，我恍恍惚惚提前体验了。而恐怕也是这种情境吧！过去，我竟常因梦到军舰搁浅而惊醒。

那一晚，我就这样一直站在船首前面，听着水滴声此起彼落地响着，陪它逐渐干涸。直到天明，让它把最后一滴海水滴尽。当阳光第一次完全照射到它庞大的黑色躯壳时，那布满铁锈、斑驳的破旧身躯终于无声了。我仿佛也是那时才自海洋回到陆地。

一九九三年七月

# 座头鲸赫连么么

## 绘本卷

怎么又输了！
赫连么么很沮丧，
这是准备最充分最有把握的一回。
信心再次崩溃，
疲惫感袭涌而来……

它面无表情地瞪着前方，
持续了好一阵子，
像尊石像般永远看着一个方向……

一只在夜里落单的海鸥，
发现河口冒出不寻常的漩涡。

轰然一声，
雪白的浪花与泡沫自四周飞溅。
平静的水面，
赫然浮现一头湿淋淋的黑色巨怪。
海鸥慌张飞起，
叽里呱啦地对着水面聒叫。

「终于又回来了！」赫连么么在心里呐喊着。

但是河口左岸随即传来驳船的马达声，提醒它必须下潜了。

它深吸一口气后，倒头栽入。

尾鳍像巨大的信天翁羽翼，摆高后再重重拍击水面，发出巨响。

传说这条河里有一处沼泽，
生长着高大的草，
鲸鱼如果上岸，
可以在这种草丛里获得充裕的休息。
晒茗荷介①，止痒，非常舒服，
茗荷介却不会有脱落之虞。

① 茗荷介，是海产甲壳动物中部分种类的俗称。

赫连么么慢慢地泅泳，
抬起胸鳍，缓缓地轻拍水面。
已经闯入河流了，也逐渐习惯河水怪异的气味。
愈往上溯愈暖和，
不禁想起大洋中的热带海域，
童年时生长的蓝色海洋。

曾经拥抱海洋的胸鳍用来向河流致敬，
那是垂暮之年最大的荣耀。
来一场华丽的游戏吧！
赫连么么猛然冲向水面，
在星光下飞跃，
摊开如羽翼的胸鳍，露出灰亮的胸膛。

激情过后，嘴角下颚又隐隐作痛，
一定是附着在身上的那些茗荷介又在蠕动。
决定溯河，向西航行后，
这种疼痛愈来愈严重，
还夹杂着一种坠入深渊的窒息感。

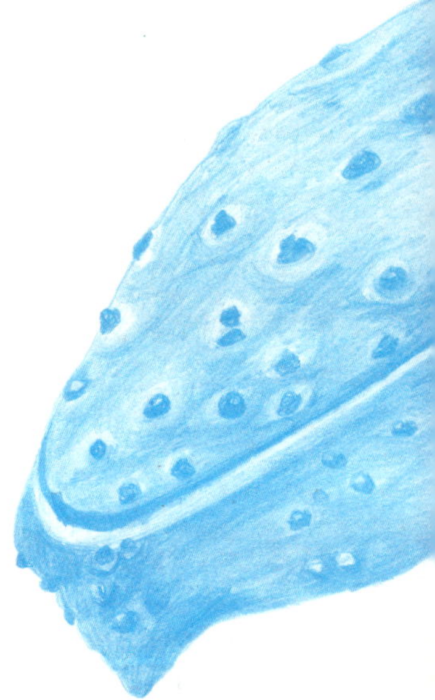

萧瑟的河风不断急促地掠过沼泽，
流水声在空旷之中漫漫缓动。
梦寐以求的草丛就在眼前，
赫连么么缓缓滑入。
在这个与海洋阻隔的时空里，
生命的意义变得暧昧起来。

回想前来的半途中，
曾经遇到一阵逆戟鲸带来的水流，
如冰山漂过海面时总有的一股寒气，
突然从它的身子周遭涌过。

要游走已来不及了，
唯一的方法就是正面迎击。
难道那是海洋生活的最后一战？

今晚的小熊星座似乎特别亮。
河风的冷与咸，干与空，徐徐吹拂着。
赫连么么隐隐感觉，背上的外皮逐渐干硬，甚至有点龟裂的痛楚了。
这回，海洋气息的消失让它有着背离旧秩序的快感。

大海龟慢慢过来，
大刺刺地在赫连么么的嘴角边歇脚。
未料到，
连搁浅也有海洋里的老朋友来相伴。
失去水，它感觉非常疲倦，
不一会儿就昏沉沉地睡去了……

行踪神秘的鲈鳗扭摆身躯，
悄悄来到它的梦里，
后头尾随着一个巨大又熟悉的身影。

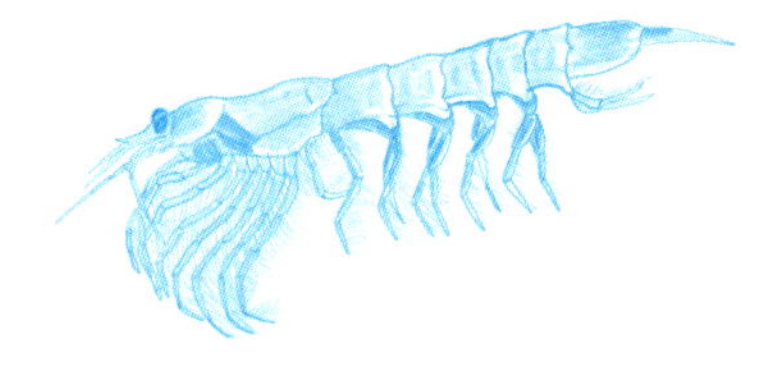

「遥远陌生的地方，
或许有一群磷虾，
但我看见了自己。」

它想起了自己的 32 号作品。

白牙小心翼翼地靠近。
两个年轻时一起溯河的朋友，
默默地互相摩挲胸鳍，
一起追忆那段探险。
白牙的身子也愈来愈小，
退回到刚出生时，一副无依无靠的小幼鲸模样。

水面上隐约响起一段悠扬平和的声音。
好舒服的声音，
让赫连么么怀念起和母亲一起生活的时光。
母亲将它高举，顶出水面。

母亲像水泡一样消失后，
赫连么么觉得好疲倦好疲倦，
只想赶快休息，
赶快挪出一个位置，
让海洋有更大的空间。

「关于我的行踪，
童年的星星知道。」
它细微的歌声和星星一起，
在夜晚闪烁。

# 座头鲸赫连么么

## 小说卷

# 0

升到离海面六七米处时，赫连么么静止不动，缓缓地深吐一口气，一团水泡滚滚冒出。

原本平静的海底，瞬息之间，笼罩在一股肃杀的氛围里。

它已准备就绪，银灰的身子如一枚巨大的陨星，笔直地朝远处投射过去。远处那一端，也有一团银灰的躯体，那是比它更加庞大的对手，正加足马力冲过来。

未几，海面下轰然一声猛烈地碰撞，仿佛有火山爆发，火山尘冲出水面。一对黑色的庞然巨物跃出水面，头顶着头，月光下的背脊好像武士的银白盔甲，闪闪发光。它们随即跌落，再度造成轰然巨响，激溅起滚滚的浪潮。

赫连么么隐隐感觉，背部被附在对方身上的尖利贝壳划过，闷吭一声，痛得差点晕厥过去。它强忍着撑回原先的攻击位置，继续保持战斗的姿势。但一条血水自背部流出，从眼前漂浮而过。

对手并未继续挑战。赫连么么看到它扬起特别银白的尾鳍，以一副胜利者的姿势，昂然地游走了。

又输了！它很沮丧，这是它准备最充分、最有把握的一回。它的信心再次崩溃，疲惫地失去平衡，朝海底坠落……

# 1

午夜过后，潮水慢慢高涨起来。

河口的海面出现了一个大漩涡。

这块海域经常出现漩涡，过去多半集中于退潮时的北岸岩礁区，离河口仍有一段距离；而且多半很小，出现时间也短暂。但这个漩涡久久未消，不断地回旋，仿佛正囫囵地将周遭的海水与浮物猛力吞入。海底下方似乎有一个很大的黑洞。

发现大漩涡的是海鸥。

最初，可能是两三只饥肠辘辘的海鸥，午夜里在这个唯一还会有食物的地方徘徊，却意外地看到了这个大漩涡。

漩涡的出现，往往会将漂浮的各种海洋生物吸聚于此，各类鱼群也围拢过来，形成纵横猎捕的临时大食场。漩涡愈大，食场的猎物种类也愈多。

不久，远方岩礁上栖息的海鸥悉数飞奔而至。夜黑的漩涡上空，竟然集聚了上百只海鸥，一起聒噪地号叫、俯冲、低掠。

海鸥们非常忙碌，贪婪的眼光闪现着凶残的敌意，生怕错失任何良机。冬天以来，连河口的鱼群都变得稀少了，它们经常挨饿，不得不飞往沙滩的垃圾堆觅食。此刻，漩涡里面的鱼群是入冬后集聚最多的一回，它们的叫声充满亢奋之情。

有些年轻的海鸥迫不及待地从空中疾飞而下，像雁鸭般浮游水面，忙着用嘴喙戳入水里抢食。它们懒得飞上天空，宁愿随着漩涡打转，直到快卷入涡心，才依恋不舍地拍翅、振翼，升入高空。未几，又落降到漩涡边缘。

年纪较大的海鸥个性较谨慎，挺着空肚盘旋着，偶尔飞掠水面衔咬小鱼。一逮着，仍旧飞上空中吞食。它们从未见过如此大的漩涡，疑虑还未消除。

整个天空异常混乱。威吓的号叫、激昂的鸣啼与迅快的飞扑此起彼落。大漩涡像张慢慢转动的唱盘，引领着飞上飞下的海鸥群，如无数个音符在海上跳跃。它让这群河口边处于挨饿状态的海鸥迎来了一个饥渴与欲望纷飞的高潮。整个冬季，因缺乏食物而持续已久的沉寂早就荡然无存。

突然间，大漩涡消失了。不知为何，这张唱盘像停电般不再转动，海面慢慢恢复原状。海鸥群顿时哑然无声。静寂无波的海面，一股宁静的不安迅速扩散开来，仿佛要发生什么事。原本浮游在海面上的年轻海鸥急速飞上天空，六神无主地四顾张望。剩下一些残余的水中生物零散地漂浮着，鱼群也为这不寻常的状况趁机纷纷逃避。海鸥们渐趋镇定，静默地滑翔，期待着新事物的出现。东北风吹拂的夜空，只剩海鸥的羽翼猎猎作响。

水底仍是黑漆而深沉，看不清任何东西。海面旋即又恢复波浪起伏的状态。冷风飕飕，似乎比平常更加寒冷。海鸥群徘徊十几分钟后，眼看不可能再有鱼群集聚，禁不住寒意，纷纷拍翅离去，飞回岩礁区歇脚。

当最后的三四只海鸥朝岩礁飞去，海面砰然一声，冒出一条高大的喷气水柱，约莫六七尺高，声音异常洪亮。最后离去的几只海鸥不约而同地掉转回头，只见白色的喷气水柱化成雾气。紧接着，海面又不安地骚动起来，大漩涡又出现了。海鸥聒噪而兴冲冲地全部折返。它们知道清晨时不用再到沙滩去辛苦搜寻和争夺食物，光是这里的鱼群就足以维持三四天。

不过，这回漩涡打转时，里面还冒出大量的水泡，由海底滚滚升起，像炊烟袅袅，形成一长串白色的帷幕，最后围成水泡网。鱼群再次陷在里面，进退不得。

这团突如其来的水泡升至海面时，扰乱了海鸥群的觅食。海鸥群无法看清鱼群的位置，被迫离开水面，滞留在天空愤怒地号叫着。可是又舍不得离去，只好忍耐着，继续空肚盘旋。好不容易等到气泡消失，正要俯冲下去，漩涡却跟着消失。海鸥群这回更加生气，相互暴躁地威吓，在空中闹成一团。这次它们学乖了，硬是不肯飞回岩礁，全部赖在海上盘飞。它们飞得又累又倦，顾不得危险，全部飞下去休息，浮游在海上。结果，漩涡还是不见踪影。它们再次上当。

寒风再度增强，海鸥们已无力生气，连一声鸣叫也懒得发出，纷纷拖着疲惫至极的身子，勉强拍翅，慢吞吞地飞回岩礁。

漩涡再次出现时，海面上已无海鸥的踪影。

海里也只剩一群巴掌大的银鲳，约莫二三十条，在它们习知的这处河口，成群地到处逡巡、游荡。准备再迎合着月光，浮上较暖和的上层海域，寻找食物。

它们正要游升时，上层海域出现了一团朦胧的阴影，像天空飘来了一团浓密的乌云。“乌云”慢慢漂来，拓散、扩大，挡住了银鲳群眼前原本就非常微弱的月光。银鲳群上空顿时漆黑如墨，等眼前再倏忽一亮时，那团黑影已缓缓漂过。

银鲳群像被雷电触击了似的，全傻住了。银鲳群从未见过这么硕大、既不像船只又不尽然像鱼身的黑色大怪物。霎时间，它们似乎清醒过来，惊得四处逃散，过了好一阵子，才慢慢集聚在一块。大怪物仍旧大摇大摆，悠悠地向前漂航，丝毫未受它们的影响。

银鲳们忘了原先上浮的目的，好奇地跟踪着大怪物。大怪物动作相当迟缓，似乎不具有攻击性。它们的胆子渐渐壮大，悄悄游近，挨到其身边，仔细嗅闻。

月光将大怪物的身躯分割成不规则、不断流动的块状光影，使得大怪物看来更充满神秘感。

银鲳群最先接触到的是大怪物的尾鳍。它的尾鳍跟银鲳或其他鱼类截然不同，鱼的尾鳍通常竖立如船舵，而它的尾鳍却像一对老鹰的羽翼摊开，平贴、上下摆动。两瓣尾鳍都有块大白斑，附着一些硬物。近看时，原来是些闪闪发亮的尖利贝壳，名叫茗荷介，外壳坚硬如顽石，边缘又锐利如钢刀。它们寄生在怪物身上，蚁聚成形。这些茗荷介的数量相当多，显然附存了好一段时间。

有些银鲳忍不住，张嘴咬食这些白色的茗荷介。茗荷介纷纷缩入硬壳内。这个轻微的动作引发了大怪物身体的一些不适，尾鳍微微地摆动起来。仅那么一次轻摆，一股巨大的水流涌向银鲳群，竟将它们甩出好远。所幸尾鳍摆动的速度缓慢，水流涌过来时，银鲳心里多半已有所准备。等落后大怪物一段距离，它们也未乱掉队形，而是像玩游戏般，愈加兴奋地溯游跟上。

它们再次接近尾鳍下方，好不容易翻绕过圆筒般的尾背。一连串如小丘的肉瘤后面，赫然突立着一座如驼峰的黑色背鳍。它们有点畏怯，又翻游至下方。

背部之下是一片不同于上的外表。从腹部至胸腔，好几条纵深的白色喉腹折十分壮观；每条喉腹折的间隔相当平均。银鲳们小心翼翼地再向前，胸部的喉腹折两旁，有对巨大的胸鳍横伸而出。

跟一般鱼类相较，这对胸鳍与身子的比例略嫌过长，倒像是鸟的羽翼。胸鳍的边缘也寄生有许多闪着亮光的茗荷介。在这对胸鳍下，银鲳群好像身处于章鱼爪间，有着随时会被卷噬的不安。它们还记得刚才尾鳍挥动时的力量，于是心有余悸地谨慎避开，再度努力翻游而上，抵达了大怪物宽厚的背部。

由上往下看，大怪物有一副臃肿的身子！它们相信另一侧应该也有一个胸鳍。果然，翻越部分背脊后，另一个从身侧缓缓挥摆而出。

银鲳群正处于背部中心。此时，驼峰般的背鳍落在后头，像一座低矮的小山丘，隐约而模糊不清。

这是银鲳群所见过的最大的动物身躯。它们继续向前，黑色背部突然出现海沟似的断裂伤痕。一条白色的沟痕斜斜地横亘在背部上。很显然，这是大怪物受到创伤的痕迹，或许曾遭到鱼叉射伤，也可能是与其他动物格斗的结果。银鲳群猜疑一阵，又继续向前。前方的黑色背部略略下斜，银鲳群已来到一对像火山口的大喷孔上方，喷孔紧紧闭着。这大概是怪物呼气的地方。银鲳群机灵地从旁游过。

越过喷气孔之后，大概是头部的位置了。愈往前行，如小火山锥般矗立的茗荷介愈来愈多了。头部的嘴角边，茗荷介更是聚如蜂巢。

银鲳群终于游完全程。翻抵嘴唇下，它们吃惊地发现，下唇积聚的茗荷介数量惊人，像一片凹凸不平的岩礁海岸。刚才在腹部出现的喉腹折，越过胸部后，似乎一直延伸到嘴唇附近。

银鲳群也被大怪物的嘴形所震慑。那大概是它们所见过的最大的嘴。大怪物如果张开嘴，一口即可将它们轻易吞入。幸好大怪物此时嘴唇紧抿。那唇线在眼睛前方转个大弯，再和喉腹折并行，向下迤逦而去。这使怪物的嘴唇看起来永远保持着微笑的形容。

一个很大的微笑。

银鲳群顿时多了不少安全感，慢慢沿着嘴缝边向后游。

然而，大怪物的眼睛呢？这个陌生生物之间最重要的信息接触点，到底在哪里？银鲳群有点困惑不安。它们继续沿着嘴缝抵达嘴角时，一个月眉形、比它们任何一个身体都大的眼睛终于出现了。但相对于庞大的身子，又似乎小得有点滑稽。

彼此的眼光相互接触时，大怪物的眼睛未有一丝眨动，始终毫无表情地瞪着银鲳群，吓得银鲳群退避三四米远，再慢慢靠上。大怪物仍没有异样的动作，连眼球也未随它们的游动而转移，只是继续朝前方瞪着，像尊石像般永远看着一个方向。

银鲳群又全然忘了害怕，继续往前逼近，准备一探它的眼睛部位。

这回，大怪物似乎察觉到了它们的存在，不想再玩这种游戏了。它将尾鳍奋力一甩。这次的摆动力量远大于上回，银鲳群感觉四周水流一阵彻底地翻搅。它们虽未被甩远，大怪物却借力往上游走。待它们稳定身躯，朝前一看，怪物呢？这回，怪物又像一团乌云般，从它们头顶漂离而去，消失在灰蒙蒙的海水中，任凭银鲳群再怎么快的速度也追赶不上了。

银鲳群刚刚遇上了一头鲸鱼。

## 2

小和做了一个梦。

在梦里，那一天，他带上竹篓与钓鱼竿，由阿公骑脚踏车载着，回到乡下的老家。

老家附近有一条小溪。他们选择一处狭窄的溪岸垂钓。阿公说，那儿的鲫鱼最常出没。他们垂钓的上游，小溪开阔如水塘。一棵阴郁而浓密的大榕树横生于旁，枝叶与须根四处垂落，层层遮盖，仿佛水塘上空加了顶棚，许多妇人在下面捣洗衣物。

阿公替自己的鱼竿装上饵，却未帮小和装上鱼钩。阿公的理由很简单，小和还不会钓鱼，弄不好反而伤了自己；即使钓到了，处理不好也会把鱼弄伤。小和只能用线绑住蚯蚓。

一连垂钓好几回，小和都眼睁睁地看着已咬饵的鱼儿被拉出水面，却又安然地掉回水里。但阿公已经拉上了好几尾。

小和很生气，将鱼竿放在原地，独自沿着溪边溜达。他经过大榕树时，不由自主地往上瞧，却吓了一跳，那苍老而斑驳的树干上停栖了好多蠕动的毛毛虫。他赶忙避开，继续往前走。

小溪越来越清澈，他看到鱼儿在溪底游动。溪岸两旁开满紫色和黄色的小花，许多蝴蝶在溪上飞舞。但是小溪越来越窄，他好奇地沿着小溪走，想走到尽头。

终于，他看到了小溪的源头。一点一点如雨滴的地下水，从水田旁的土壁坡慢慢渗出，滴到地面，形成小水洼，再慢慢地汇聚，流成小溪。

他爬上土坡。那儿是一片大草原，草原上一条黑沉沉的铁轨躺着，伸向远方的地平线。他吹着口琴，走在铁轨上，时而踩在枕木上，时而在碎石地上踢踏。

还有好几次，他都忍不住将脸颊贴着铁轨，俯耳倾听，尝试着能否听到什么。但他往往只嗅闻到铁轨上浓重的机油残渍味。

小和继续走，一直走。不知走了多久，前方突然出现了一个黑色的大怪物。他仔细一看，原来是辆黑色的火车头倾倒在铁轨旁。是那种有黑色烟囱、用煤炭发动、镶着红色边的火车头。

他有点害怕，远远地看着，好像在审视一具残败、破落的旧机器。等他觉得安全时，才鼓起勇气走向前。火车头竟然慢慢爬了起来，像一条毛毛虫一缩一张地爬回了铁轨上。继而又一抽一扭地向他驶过来，而且不断吐出浓烟，发出扑哧声。

小和害怕地转头撒腿就跑，火车头却紧追在后，同时，发出巨大而尖锐的高昂长鸣。小和吓得想逃离铁轨，可是铁轨仿若有一股强大的磁力，无论他怎么跑就是离不开。火车头跑得非常快，不一会儿已经紧临他的身后。

幸好，小和跑到了溪边，赶忙纵身跳入溪里。他以为终于摆脱了火车头的追逐，未料火车头竟然也跟着跑入溪里，只露出半个头来，全然不受溪水浸没的影响，奇迹似的在溪上跑了起来。

他又不断地跑，最后来到大榕树旁。那儿没有半点人影，连阿公也不在溪边。情急之下，他赶忙爬上大榕树躲避。火车头冲到大榕树前，顿时失去动力，像泄了气的气球，整个萎缩、熄火，慢慢地沉入了溪里，只剩下浓烟制造的水泡咕噜咕噜地浮上来，似乎很不甘心的样子。

小和惊魂刚定，突然觉得身上有小东西爬动的窸窣声，低头一瞧，原来身上爬满了毛毛虫。他连滚带爬，吓得滑下树来，将毛毛虫抖了一地。清完毛毛虫后，他喘口气，沿着溪边继续走，突然又听到哗啦啦的水声。回头一看，不得了，火车头又冒出了水面，浓烟滚滚地向他冲了过来。

# 3

赫连么么在河口前方浮出时，月亮正被乌云遮住，仅剩一抹残光斜照。最后的这点鹅黄光晕落在它的身上时，映出了一片水光，湿漉漉的，在它曲线幽缓的背部隐隐闪烁。

远看下，它像一座岛屿，孤零而死寂地漂浮于海面。

“终于又回来了！”它在心里呐喊着，猛力喷出一道水柱，似乎把某些长久以来的生活压抑全给释放了出来。随即，它朝着河口缓缓游去。

它先远眺河口右岸，一片空荡荡的沙滩，仿若白牙的骨骸仍横躺在那儿。

它呆望了许久才离去。

河口左岸闪烁着一片通明的灯火。它不安地盯着。通明的灯火通常意味着河岸可能已兴建了港口，住着不少人类。如果想通过河口，必须冒很大的危险。然而，千里迢迢到来，没有另外的选择了，它再次提醒自己。面对已经变化的河口，它想到的只是如何利用黑夜和涨潮的机会，再度潜游进去。

河口左岸隐约传来好几种驳船的马达声，它知道必须下潜了。深吸一口气后，倒头栽入。尾鳍像巨大的信天翁羽翼，在半空中摆高，再重重拍击水面，发出巨响。然后，身子悠缓而近乎垂直，顺利地滑入海里。

它更像一架油料耗尽的飞机，下潜未多久，立即触抵海床，安然着陆。扬起一阵沙尘后，寂然不动。泥沙慢慢跌落、沉淀。水清了，海床上遂出现一只茗荷介满身、瘤状起伏不断、疮痍斑驳的躯体。一艘破旧斑驳的百年沉船，横躺在那儿已经好几世纪，大概就是这副形容。

一个水泡自喷气孔缓缓浮出。

它一直相信，当时，白牙一定是体力放尽，老了，累了，才会躺在河口。不然就是在河里遭遇了可怕的事情，否则依白牙的性格，绝不可能轻易地放弃上溯的机会。

怎么通过河口呢？

从河口左岸的灯光亮度，以及各种传来的船声判断，河面上一定有不少船只往返。接近河口时，它必须一直保持潜航，非不得已绝不浮出水面换气，才有可能通过河口。

河口相当宽长，它能潜伏那么久，不浮出水面？年轻时体力、斗志都好，或许可以吧！

当年和白牙来时，哪有船声？河口只有三两零星的灯火，它们像两根巨大的枕木大剌剌地漂浮而过，根本未遇到任何阻碍。

喷气孔又一串水泡冒出，像已成形的想法，滚滚浮升。

做了决定后，赫连么么再次哗然露出水面，朝河口游去。远在右岸的灯火照射到之前，它慢慢下潜，没入河口。下潜时，未再贴着海床，只保持稳定的深度。它开始放松身子，不再摆动胸鳍和尾鳍，反而学着小鱼苗的姿态，纵入潮流之中，静静地让自己随潮水漂浮，朝河内的方向运送。它明白，若是纯粹靠自己的肺活量，绝无可能通过，除非靠涨潮的推送。它也机灵地将胸鳍尽量摊开，横陈着，借助胸鳍的节瘤减少水的阻力。

果然，它的判断相当准确。如是保持姿势，既不必费力，也节省了通过河口的时间。除了因为久未挥动尾鳍与胸鳍，身子略感麻痹，它感受不出有何不妥。赫连么么为自己还能有如此敏锐的判断感到沾沾自喜。

背鳍上方陆续有船只航行而过，发出巨大的锅炉转动声。以前每回听到这种怪异的声音，不论远近，它总神经质地紧绷自己。这一回，它似乎获得某种意义的胜利，完全不在意它们的存在。

现在，它是一片云，优哉地快速飘浮。大概少有鲸鱼能够享受如此的航行快感。它不禁愉快地闭目徜徉。

继续航行。时间已超过二十分钟，它们这一族通常每隔十五到二十分钟浮出水面换气一次，而它仍未有不适的感觉。同时，它清楚地感受到波浪不再剧烈运动，水深愈来愈浅，盐度与气味都混含有浓厚的陆地杂质。这些自然环境的变化如今对它而言，也都是可以忍耐的芝麻小事。

现在，它只剩一桩重要的事摆在眼前，除了进入大地的河流，进入河里的沼泽区的封闭环境，没有什么东西足以引起它的兴趣。

河流。沼泽。封闭。是的，全然清净的封闭！让它摆脱一种复杂、沉重的海洋生活的压力。

这回进入河里，它觉得心理上卸下了许多生活的负担。河不再是可怕的地方，而是一个可以看到自己在海洋中的过往的所在。它可以毫无旁骛、无所挂碍地去完成搁浅的心愿了。

现在，它是平静的、满足的……

突然间，它觉得背部猛然被某种坚硬的东西撞到，强力地绊住自己，让它顿时失去平衡。它悚然一惊，急忙挥动胸鳍，摇尾扭腰，设法挣脱。它顺势往旁瞧个究竟，是一座浮标的铁链。赫连么么松了一口气，轻易地摆脱了铁链的纠葛。不过，它的漂浮计划因此被打乱了。适才的挣扎，放尽了力气，让它不得不冒险浮出水面。

它一露身，先抢着猛力吸一口气，再观察周遭，然后机警地只露出头，用接近垂直的姿势挺立着。

水面上大雾四起，白茫茫的雾气笼罩之下，看不清周围的动静。它顿时觉得不对劲，赶忙要下潜，可身旁立即传来轰隆的船声。一艘船正朝它的方向驶来，下潜已来不及了。在这短短的一刹那，它急忙往旁一闪，避开船头迎面而来的撞击。不过，尾鳍仍硬是遭到船身擦撞，撞得它摇摇晃晃，满眼金星，海水和天空混在了一块儿。幸好，它赶紧本能地往下潜，潜入水底，紧贴着泥沙，静静地，连水泡都不敢吐出。

船的引擎声停了。赫连么么隐隐感觉船就在自己的头顶，船灯在河面闪晃、探照。它觉得自己如一只被翻了身的乌龟，久久不敢露出头；而尾鳍遭这一撞击，让它像断了尾的蜥蜴，连入河的勇气都给撞走了。上回也是尾鳍抽筋才差点命丧沼泽的。

还好，那艘船未停多久即离去。三两个气泡自喷气孔浮升，赫连么么似乎又有了新的想法。

# 4

小和醒来时，营火仍熊熊地燃烧着。他翻看手表，还不到凌晨，便披上夹克，走出营帐。

阿公正坐在营火前，好像整晚都未睡，侧影如一只驼着背脊守在水畔的夜鹭。

小和在阿公对面坐了下来。

“喝一杯奶茶。要小心拿，很烫。”阿公指着挂在火堆铁架上的茶壶。他正用小刀刻一块木头。

“怎么又是这个！”听到奶茶，小和不禁皱起眉头。他睡眼蒙眬地从自己的背袋中拿出钢杯，取茶壶倒奶茶时，差点烫着，这才想到阿公的提醒。喝过奶茶后，精神始恢复。

他仰望天空，星星变得更多更明亮了。昨天黄昏才和阿公抵达这个离城市不远的沼泽。

营地四周生长着茂密的树木，构树、血桐、黄槿和榕树，以及竹林。

小和凝视着，发现这些树比白昼看时更加高大，而且充满神秘感。他隐隐觉得，自天黑以后，这些在火光中黑影幢幢的树林后，一定有某些东西在窥视着他们。

“你刚才有没有听到一种奇怪的叫声？”

“夜晚这里总是很热闹。”阿公专注地凝视着木头，一只老鼠的模型。

“有一点像是火车头在拉汽笛发出来的叫声。”

“噢，有可能，冬天的沼泽有很多动物跑来，怪声当然特别多。”阿公把木头平摆膝间，继续雕刻。

“我们什么时候回家？”小和紧抱着自己，似乎仍觉得冷。

“我们不是讲好后天吗？”

“刚刚那声音非常大。”小和无聊地又朝林子望去。

“也许是林子里的猫头鹰。”

“不，我听得很清楚，从河那边传来的声音。”小和手指向右边，刚才就是那叫声把他惊醒的。

阿公抬头瞧，笑了起来，又埋头工作：“河在左边，两百米外。”

小和有点不高兴，他觉得自己没有听错。

过了一会儿，他又提出问题：“我刚刚醒来时，还听到青蛙的叫声。”

“现在不应该是青蛙活动的时节。”

营火经过阿公的拨弄，又噼里啪啦地燃旺了。

前几个月在家里时，小和就看到阿公的书桌上摆放着这块木头。平常，阿公的书桌只堆放研究报告，很少有其他东西。小和当时就感到奇怪，还问阿公这木头要做什么？阿公说在学一种外国的钓鱼方法，改天要到沼泽使用。

小和突然想起这件事。可是，他已对此事毫无兴趣。小和试着找事做。他想起外套口袋里父亲买给他的新口琴，干脆取出来练习。才吹奏出声，阿公便抬头说话了。

“再吹会把整个沼泽都吵醒。”

阿公的话讲得很轻、很温和，并没有责备之意，小和却不情愿地把口琴收了回去。

往昔在野外做田野调查时，学生们如果有携带吉他之类的音乐器具，阿公都会很不高兴地把他们训斥一番。他认为要听音乐，最好是放一张古典唱片，在家里静静地享受，才能听出味道。跑到荒郊野外来弹吉他唱歌，实在是荒诞不经。

在野外，一切就是要按照大自然的规矩。所以，他的野外生活向来简单、朴实，一切按部就班。数十年来在野外的历练，让他理出一些独特的习惯。譬如，喝奶茶是生活最大的享受；无法煮饭时就吃军用口粮，或者巧克力；而且，永远在日落后不久即睡觉。

但今天是例外，他未躺多久就起身，因为这还是头一次由对手主动提出要比赛。过去都是由他主动邀请的。他始终有种奇怪的感觉，今天这场钓鱼比赛，这位十几年来的对手似乎特别有备而来。

小和又倒了杯奶茶，放在一旁发呆。接着，他想到口袋里的巧克力，于是取出来吃。

阿公瞧着小和吃巧克力，突然觉得肚子有点饿了。他也发现小和手上的巧克力包装得十分精致。但他发出清楚而干硬的咳嗽声，提醒自己不能吃太多这种高热量的甜食。

小和闻声，抬头瞧他。

阿公端详木刻老鼠许久，才放到鼻尖嗅闻：“味道很接近了。”

然后，他挺腰站起身打呵欠，差点扭到腰，勉强再撑起，一时间四肢麻木，竟无法走动。他转而看表，喃喃自语：“时候应该到了！”

“我们要去小岛吗？”

“嗯。该带的东西都要拿去，我们或许会捕到一些鱼苗。”

划船到小岛去，总比在这里有趣，这也是小和想跟阿公来的目的。小和兴奋地跑回营帐，戴上运动帽。本来想穿新买的球鞋，后来又改变主意，按阿公先前的意思换上了长筒雨鞋。不一会儿工夫，一切就绪，他背上小背包，站在阿公面前待命。

阿公用手电筒上下照了他全身一遍，摇头苦笑，并没有立即出发的意思。

小和愣了一下，搔搔头，又跑回营帐，取出头灯套在运动帽上。

阿公提水将营火浇熄。

# 5

一只在夜里落单的海鸥又发现水面冒出带漩涡的水泡网了。

它在上空盘飞一阵，禁不住诱惑，贸然停落水面。一对炯炯发亮的眼睛紧盯着身体两侧的水面，准备随着河潮起伏，突袭被水泡网惊吓的水中生物。一团大黑影漂出，最初它还误以为是空中飘抵的乌云。等察觉不对劲时，轰然一声，雪白的浪花与泡沫自四周飞溅而起。

这只海鸥慌张飞起，叽里呱啦地对水面聒叫。原先平静的水面，一头湿淋淋的黑色巨怪赫然浮现。终于看到期待中会带来许多食物的大鲸，它继续绕空鸣叫，声音更加尖锐、高昂。

赫连么么小心翼翼地观察两岸，顺势喷出水气柱。以前，在海中，每回浮出水面时，看到空中有海鸥或贼鸥，它都会故意开个玩笑，制造水泡网。在出水那一刹那，拍鳍，翻跃，腾空而上，和海鸟群嬉戏。适才它也萌生这种意图，但最后一瞬间，一个疑虑袭上心头，好像在这个时间和地点还玩这种游戏非常不恰当，临时放弃了这个想法。

它缓缓上溯。

那只海鸥在喷气孔旁边停降下来，快乐地啄食鲸背上的茗荷介，以及其他小生物。它比先前其他的海鸥幸运多了，赫连么么想。海鸥们真厉害，到哪儿都碰得到。赫连么么感到十分高兴，有种遇见老朋友的快乐。

“有没有遇见我的族群？”

“吃饱后你要去哪里？”

“想不想跟我一起上溯呢？”

赫连么么连珠炮般地问了几个问题。海鸥饿疯了，忙着觅食，没时间回答。

大河的左岸覆满一片浓密的绿色树林。

不知道是记性差，还是视野不对，今年这座树林似乎比往昔更加浓密，河岸几乎都被它们所掩盖。赫连么么从未在北方的海岸见过这种植物，但是，在南方沿海岸旅行时，它偶尔会遇见。如细长鳗鱼的绿色果实，一枚枚漂浮在水面。想及此，真有一种热带的气息，从左岸的方向隐隐飘来。

这种心理上的陌生气息，加上河口附近的水面散发着浓重的机油味，盐度又稀薄，赫连么么一时间相当不适应。略略向右岸游近。右岸矗立的那座山并不高，却自有一种孤立的光景，和对岸内陆的高大山峦遥遥相对，构成很理想的地标。赫连么么这一族也喜欢沿海岸进行南来北往的迁徙。远远的海岸边的山峦，常常是识别迁徙方位的重要地标。

跟我们一样拥有坚强的背脊，

远山是我们的朋友。

它忆起白牙最后一次歌咏的内容。

“能够跟山一起并躺也是很大的幸福吧！”

它也在心里默默地吟诵。早年它绝对不会有这种想法，即使靠得再近也毫无感觉。

它随即发现，山脚有一栋比自己庞大的灰色方形物体，上有四五根黑色的大管子冒着浓烟，把西面的天空涂染得像要落雨前的乌云般翻腾。隐约间，它还听到灰色物体传来类似大船的涡轮声，活像一只躲在洞穴里不怀好意的大龙虾，微微扬舞着巨螯与触须，仿若在等待猎物上门。

那只海鸥仍浑然忘我地在赫连么么的头背上踱步啄食，丝毫未察觉赫连么么已停顿许久。

“真是奇怪的生命体，旁边的远山不知如何与其对话。”它的直觉感到，灰色物体天生就有一种对外在世界强烈侵犯的性格，像大船一样，难以接近。

赫连么么再次摆尾，绕圈洄游。胸鳍数度高举。那只海鸥似乎预感到鲸鱼要改变动作了，它也差不多吃饱了，肚腹有点鼓胀。赫连么么正慢慢下潜，海鸥在赫连么么没入时吃力地飞起。

赫连么么保持族群惯有的游水姿势，无声地潜航，许久才摆尾、扭腰一回。不过，它非常谨慎，不敢随便挥动胸鳍。大部分时间，慢慢向前，像宇宙间一颗永远死寂的小星球，沿着固定的轨道无声地运转，背鳍偶尔才微露水面。

那只海鸥已不知去向，剩下赫连么么在黑夜里，继续孤独地上溯。

有些族群应该抵达北方了。然后，一起在那儿忙碌地展开围捕磷虾的觅食活动。然后，建立族群的领域。然后，游戏……它想。

赫连么么可是一点也不后悔。月光又自云端慢慢露出，被茗荷介侵蚀得满目疮痍的背脊再次有了光晕斜照。树林和灰色物体都远落在尾端。两岸无半点灯火，它又忍不住全身浮出水面，安心地徜徉着，慢慢地泅泳，抬起胸鳍缓缓轻拍水面。它已逐渐习惯了河水的怪异气味，喷出了小小的水气柱，表示还能接受河水的意思。

打从一开始，它就决定要从容、优雅地做这件事。愈往上溯，溪水愈暖和。好久未感受这种暖意了，它想起了大洋中的热带海域，童年时生长的蓝色海洋。

# 6

温暖的热带海域是冬天的繁殖场。赫连么么这一族的幼鲸都在那里出生。想起童年，它高兴地连连挥动胸鳍，用力拍扑了好几次水面。

赫连么么从出生吸取到第一口空气开始，便紧跟在母亲米德的身旁。它永远记得小时候与母亲在一起的生活，那是最快乐的时光。就像其他幼鲸一样，它往往会顽皮地游到米德头上，要求米德反转它，腹部朝海面。然后米德会用双鳍高举它，抚拍它，让它哼哼哈哈地泅泳、嬉戏一整天。玩累了，它更执意趴在米德背上，四处巡航。

赫连么么成长得十分快速，几乎每天都在增长。第一次随米德回到北方的觅食场时，身长已接近米德的一半，而且愈来愈圆滚，比同年的幼鲸都肥。

那也是赫连么么第一次看见河。

它们在雪融时抵达北极海域，进入了一处荒凉的大海湾。海湾四周都是漂浮的冰山，那儿被称作冰山海湾，是它们族群的主要觅食场。

抵达觅食场后，它们母子并未镇日和其他鲸鱼一起捕食磷虾。米德带着赫连么么继续深入海湾。

“这是什么地方？”赫连么么望着远方，一片橙黄、枯褐，还覆有残雪的土地，一道奔腾的洪水从中间的缺口流出。

“河的起点，我们现在在河口。”

“河口？”

“对，这里也是海洋的终点。”

河口有河上游冰雪融化后流下来的丰沛食物，它们不用到处捕食磷虾。

“在这里长住，应该也不错吧？”

“这里是年老鲸鱼觅食的地方。年轻的鲸鱼应该游到更深的海洋，不然会遭到耻笑。”

“河里面呢？”

“那里不是鲸鱼的世界。”

母亲不但禁止它上溯，还告诉它，许多鲸鱼溯河而上，就未再回来过。直到它和白牙上溯后，它才有了不同的感觉，一种很奇怪而莫名的情感。

## 7

阿公常来这个沼泽做鱼类调查，在两边灌丛林立的小路上，他不用手电筒照路，依旧如履平地般地前进。他也不时回头看小和。小和紧跟在后，三两步就踩到洼坑，跌跌撞撞。黑夜中只见小和的头灯如萤火虫上下飞舞。

当初未将营地设在小岛，是因为那儿的地面太潮湿了。阿公最后选择在废耕的旱田边搭营。小艇锚泊的地方离营地并不远，绕过一条竹林间的小路就到了。阿公却带他绕道，走到了另一条小路上。

不远的草丛上亮着一盏灯火。接近时，灯火周遭慢慢出现一个巨大的黑影。原来，那灯火是从一间被涂满迷彩的货柜屋里照射出来。

“我们来这儿做什么？”小和有点失望。

“我有一位老同学住在这儿。”

“我们不去小岛了？”

“应该会去的。”

想到今晚的比赛，阿公不禁伸手摸了摸口袋里的木刻老鼠，确定它仍在那儿。

他们走到货柜屋前。里面灯火通明，一个老头正教一群年轻人工作。其中一人从笼里捉出一只长嘴的小鸟，套上脚环，另一个人拿尺测量它的羽翼。

小和再往货柜屋里头瞧，里面有一只瘸了腿的黑色小猫，慵懒地蹲卧在一堆书籍置放的角落。

“叶桑，今晚如何？”阿公向老头打招呼。

被称为叶桑的老头似乎很忙，并未抬头，只是举手示意。

“阿公，这些鸟套了铁圈会不会很难受？”小和问。

“那不是铁做的。”阿公说。

叶桑似乎这时才注意到小和的存在。他提着瓦斯灯，把戴着老花眼镜、长着一撮山羊胡的大脸凑过来，仔细瞧了瞧小和。

小和畏怯地微微退后。

叶桑的年纪看来比阿公年轻许多。至少，目光炯炯发亮，活像只双眼机灵转动的猫头鹰。不像阿公那一对黄褐无神的眼睛，老是刚睡醒的样子。

“那是特制的铅环，不会影响飞行。”叶桑向小和解释道。

“我们不是鸟怎么知道呢？”

“小和，不懂不要乱讲话。”阿公摸摸小和的头。

小和不高兴地推开他。

“你大概是第一次来吧？”叶桑继续追问。
“唉，没耐心，一直吵着要回家。”阿公在旁苦笑。

小和低头不吭声，有点生阿公的气了。

“孙子？”
“嗯！”
“真羡慕你，儿孙满堂。”叶桑略显感慨地说。
“还不是一样，永远一个人。”阿公笑眯眯地答道。

换叶桑摸小和的头了。

小和想躲开，却不好拒绝。

“来，小和，叶阿公送你一样东西。”

叶桑随即从口袋里掏出一枚徽章，脱下小和的运动帽，随手别上。小和仔细一瞧，上面写了几个蚊子般大小的字“沼泽是大地之母”。小和觉得图案设计得非常难看，他在家里收集的至少有一百个比这个漂亮。

叶桑站起身，清了清喉咙，对阿公低沉而又严肃地说：“今晚非常不寻常，我们逮到一只矶鹬，三年前在这里网获，套过脚环的。”

“其他水鸟难道没有类似的情形？”

“当前记录的都是个别的行为，很少有群体的记录。”

阿公点头，沉思。他知道，叶桑夸大的老毛病又来了。

叶桑兴奋地说：“你知道吗？海岸线这么长，河口又这么大，它们为何要再三回到这么小的一块沼泽地呢？这个现象真有意思。”

“嗯。”阿公清楚鱼类的洄游或鸟类的迁徙都是群体性的，叶桑的调查一直让他半信半疑。

看到阿公狐疑的眼神，叶桑掉头又走进货柜屋里。

“今晚比赛的事忘了吗？”阿公急忙说道。

“我怎么会忘记？”

“在哪里比赛？”阿公紧张地问，因为这回换叶桑选地点。

“小岛如何？”

“也好，我顺便去收鱼笼。”阿公早已料到。现在除了那里可以远离人群外，实在也找不到更恰当的地点。但在口气上，他故意装作不很喜欢。

看到阿公面有难色，叶桑不禁得意起来。

“这次你带了什么？”叶桑似乎对钓饵比较有兴趣。

阿公不疾不徐地从口袋掏出那只木刻老鼠。

叶桑走回来，用头灯照射，端详了一会儿，又拿到鼻尖嗅闻：“味道虽然不错，但田鼠的味更浓。”

阿公从叶桑手上迅速取回，不让他多看。

叶桑也从腰包里取出一个精巧的小盒子，打开来，里面是一只鹅黄色的木头小鸭。它刻绘得栩栩如生，连绒毛仿佛都在隐隐飘动。

货柜屋里，其他人都集聚过来围在叶桑身旁，对木刻小鸭赞赏不绝。

“我在水面试放过一回，野鸭都把它当成同类，”叶桑洋洋得意地说，“我花了近一个月才完成。”

阿公满脸不屑：“你这只鸭子只会吸引白蚁到来吧。”

“总比连白蚁都不来的木头好吧？”叶桑一边调侃，一边开怀大笑。

“你的方法一直缺少理论证明。”阿公有点脸红脖子粗。

小和趁他们斗嘴时，走到外面。他取出口琴。

## 8

灰蒙蒙的水面，一头雌鲸伴护着幼鲸泅泳而过。赫连么么高兴地向前游去。未料，差点撞上一块高耸的物体。它还以为是岩壁，定神一看，竟是一头壮硕的雄鲸，下额与头上的茗荷介闪闪发亮。它从未见过如此气势凌人的雄鲸。

来者是这对母子的护卫鲸，远远地便认定赫连么么是侵入者，早就摆好作战的准备姿势。它也不像其他护卫鲸先吹气泡，做出水泡网恐吓，或者如灯笼鱼般膨胀胸部。这头护卫鲸直接就要和赫连么么对阵，做冲撞，一决胜负。

赫连么么的体形并不比对手小，却有点怯场，何况心里并未有准备。但它还是勉强鼓起勇气，迅速绕个圈，回过头，对准这头护卫鲸。

远看时，护卫鲸的身体因茗荷介过多，近乎灰白，如一团浓厚的云层。赫连么么按往例小心地保持距离，仔细观察。护卫鲸早已在那儿等候多时，一看赫连么么仍在踯躅，便按捺不住，转而先发动攻击。

赫连么么从未见过如此急躁的鲸鱼，赶紧闪到一旁。护卫鲸未料到攻击会落空，生气地转过头后，不断吐气泡，形成巨大的水泡网。它在责怪赫连么么不遵守规矩。

这头护卫鲸的确有权埋怨，因为赫连么么并未遵守打斗的规矩。两头鲸鱼对阵之后，无论如何都不能临阵退场或避开的。赫连么么刚才的行径是非常不礼貌的，而且，对一头雄鲸而言是十分丢脸的事。

是它！赫连么么终于认出它。就是那头尾鳍特别灰白、利若尖刺的鲸鱼。上一回，赫连么么的背就是被它划伤的，疤痕还一直留在背上。两三年未见，这头护卫鲸显然又壮硕了许多。

想到背部的伤，一股怒气涌上心头。现在，赫连么么浮在那儿像一艘整装待命的战舰。

护卫鲸似乎也记起赫连么么了，而且，它发现，闪躲后的赫连么么似乎燃起了一股战斗的欲望，这也激发了它更大的斗志。

终于，它们像一对雄鹿在草原竞技似的，向对方冲过去，彼此以尖利的犄角对撞后，头额之间发出了惨烈的咔嚓声。它们的额头碰撞时，一并传出茗荷介激烈摩擦、连续断裂的巨大刺耳声。

在和其他鲸鱼的打斗里，赫连么么头一回在对撞之后有着全身剧烈震动、不知身处何地的晕眩感。它的眼角与额头都溢出了鲜血，身子像软木塞无力地随水漂浮了一阵。

等它勉强恢复意识，再找到护卫鲸的位置时，对方似乎已经等了许久。赫连么么也不管那么多，一鼓作气，扭腰摆尾，摇摇晃晃地就往护卫鲸的方向再度冲了过去，一条如彩带的血丝也自其尾后流出。

这一次互撞之后，它们不由自主地被相互的冲力推出，身子近乎一半跃出水面，然后再各自向后仰倒，轰然激溅出巨大的水浪。

竞技至此全部结束，胜负也已分晓。赫连么么浮出水面透气，再深潜入海。

打斗的目的是求得对手的退让，接着是得到雌鲸的认同。赫连么么不仅未找到护卫鲸，也没有再看到那头雌鲸或幼鲸。

这回它额头的伤口更大了，血流使右眼几乎看不清，左眼上方也肿若小山丘，疼痛万分。

它又被打败了吗？赫连么么装作若无其事地浮出海面，使尽吃奶之力，努力地喷气、拍水。

从这次以后，它才知道这头鲸鱼就是白牙。

# 9

嘴角下颚又隐隐作痛。

赫连么么知道一定是附着在身上的那些白色小怪物又在蠕动。让赫连么么烦恼的白色小怪物就是茗荷介。茗荷介依附在鲸鱼身上生存，随着鲸鱼一起在海中觅食，每每让鲸鱼有种类似蛀牙的周期性疼痛。

赫连么么决定溯河，向西航行后，这种疼痛愈来愈严重，还夹杂着一种坠入深渊的窒息感。浑身就这么给牵动得相当不舒服。

反正就要溯河了，它也顾不上礼数了。它把尾鳍摆高，一头即栽在河床上，磨个痛快。可是，河床都是污泥，缺少石头。它沾了满头污泥，差点连喷气孔都被堵塞了，于是赶忙再冲出河面透气。

茗荷介常常定期发作。鲸鱼年纪愈大，茗荷介活动得也愈频繁。如果是在额头发痒，聪明的鲸鱼只要选好地点，浮出水面，等待海鸥或其他海鸟飞降在自己的背上，让它们兴奋地啄食，饱餐一顿。这种功效就像小鸟帮鳄鱼剔牙一样有用，是一种享受。

但茗荷介若在嘴角下颚活动，情况就不容乐观了。那会变成一种折磨，一种抑郁。它只能游到海床附近，像鸵鸟埋头、海鲶钻泥那样，不断地将头胡乱地与海沙摩擦，借以消除痛苦。

“这些鬼灵精一定知道我的意图。”它略带嘲谑地苦笑。

这些茗荷介好像永远啄食不完、磨蚀不掉。过一阵子，又会大量出现，顺着水势，拓散成一整块，或一整排硬甲般的壳堆。在新陈代谢下，死去的也留下空壳，活着的继续在空壳上增加新壳，开拓新领域，像瘤一样增殖。壳愈积压，鲸背愈崚嶒。年纪愈大者，模样愈是吓人。赫连么么始终认为自己一定有一副可怕的形容。

茗荷介附着于鲸鱼的生活，赫连么么认为这是最残忍而无奈的事。它让你无从质疑、无从憎恨，好像天生就得吃这种苦，直到老死才是解脱。茗荷介在出生时便有，随着一头鲸鱼的成长而增加。只有它老去，死了，尸骨不在，那些茗荷介才无法依存。所谓鲸亡，茗荷介才亡，确乎如此！

赫连么么的嘴角下，茗荷介最厚的部分竟有三四厘米，还占据不小的面积。凹凸不平的茗荷介像锯齿般坚硬、锐利，不仅成为额外的防身盔甲，更是攻击的利器。可是，赫连么么年纪已大，茗荷介也跟着退化，像随时会松动、脱落的牙齿。

茗荷介愈多，疼痛愈大。但为了求偶期争斗的成功，雄鲸们多半愿意承受这种折磨。年轻时，为了使茗荷介增多，许多雄鲸常常沉潜不动，如水母般半浮在固定深度的水中，借以增加茗荷介的附着量。很少雄鲸会不顾一切，钻到海底摩擦。这种动作既不优雅，也常被讥为自残、不尊重自己的败德表现。身上有许多尖利的茗荷介是雄鲸成熟的标志。

赫连么么为自己刚才钻到河床的行为哑然失笑。但它也不是那么信奉水母式的训练法，非要附着许多茗荷介不可。

至少对它而言，有时它并非一定要当护卫鲸。它只是不服气，自己每天都很认真地训练，甚至比其他鲸鱼花更多的时间，可是打斗的成绩并没有因此比其他鲸鱼突出，仍是输多赢少。这使它愈来愈气馁，它难过的也不是被打败了，而是努力之后仍有这种不成正比的结果。

# 10

阿公只给叶桑五分钟，让他交代事情。

十分钟过去了，叶桑仍专注地和其他人集聚在地图前讨论着。叶桑正在进行一项拯救沼泽的活动，呼吁政府尽快将这个区域划为自然保护区。

阿公脸色微变。叶桑应该知道他的脾气，但他似乎忙忘了。平时若是这样，阿公早就一走了之，但想到要比赛，他只好强忍住，无聊地观看起叶桑的货柜屋。

一台破旧的小冰箱、汽化炉、瓦斯桶、行军床……墙壁上贴着一位著名的女灵长类学家和黑猩猩在非洲生活的海报，以及许多这个沼泽地区的地图。

虽然朴素，但过于随便，没有品位，这是阿公对叶桑居住地方的感想。他比较欣赏的，只有窗口旁那一架灰铜色、复古式、有着小喇叭的转盘唱机。那似乎也是整个货柜屋里唯一有某种精神生活意义的东西。阿公趋前细看，唱机上积满了灰垢。

瘸腿的小猫从他脚旁蹭过，想要跟他打交道。

眼前摆设的这些东西，跟十年前他初访叶桑时差不多。十年前，为如何保护这块沼泽，他们曾有一番争辩。当时，叶桑正在进行一桩鸟类调查，却看到这里变成了废土倾倒地，春秋季时，猎人也不断来这里捕杀鸟类，他的计划因此严重受阻。

叶桑就是在那时愤而放弃研究，转而买了这个货柜屋，并在此购地定居。他一边在报刊上发表文章，不停地呼吁拯救这块沼泽；一边组织义工，巡逻沼泽区，驱赶猎人或告发乱倒废土者。

当地人原本希望这块沼泽能够开发成都市计划区。叶桑的行动无可避免地和当地人发生了许多直接冲突。结果，双方闹成一团，不仅数度上报，也对簿公堂好几回了。

叶桑更未料到，这块沼泽竟也因此变成全国著名的观光区。每逢假日，他的货柜屋常成为游客前来观赏的目标。叶桑为此烦恼不已，他既想让更多人知道沼泽的重要，又怕观光客来破坏了环境。

观光客的涌现，正是阿公当初所担心的。他认为在保育法尚未实施前，叶桑这样激烈的保护方式只会加速当地人对沼泽的破坏。

阿公后来将这个观点发表于报纸，没想到竟引来叶桑的不快。文章见报那天早晨，叶桑还远从沼泽坐车杀到办公室，和他大吵了一架。叶桑认为阿公是蓄意的，从学生时代，阿公就爱与他唱反调，突显自己。

其实，说穿了，阿公最反对叶桑的事还不在拯救沼泽一事，而是做学问的态度。像叶桑这样忙着环保活动，哪有时间做好研究呢？

阿公对叶桑的做学问方式，向来很不以为然。他也发现，货柜屋里只有零星的几本书堆在墙角，都是跟系放①或鸟类有关，没有其他种类。

不过，叶桑仍有年轻人般的无限冲劲，对此他倒是十分感佩。有时，他也怀疑，若不是叶桑主动来邀请比赛，自己还能否有如此大的耐心，耗费这么多的时间在雕刻木头上。比赛的事使他的心境年轻许多。

小猫一拐一拐地走出去，在小和脚边蹲下来。小和吓了一跳。他向来很怕猫的爪子，纵使小猫看起来瘦弱无力，他仍充满戒心。过了许久，他才克服这种恐惧。

阿公终于不耐烦地走出货柜屋透气，小和看到阿公出来，怕被叨念，急忙收起口琴。

---

① 系放，利用各种安全的办法捕捉鸟类，然后给它们挂上标记，用以研究的一种方法。

“还有没有刚才那种巧克力？”阿公又觉得肚子有点饿了。

“还有一条。”小和从口袋里取出。

阿公正伸手要取。

“不行，阿嬷说过你不能吃甜的东西。”

“那是在家里，现在是在野外。”阿公尴尬地苦笑。

医生警告过，他的血糖过高，应少吃甜食。

“还是一样。”小和摇头。

“怎么现在也有长条形的巧克力？”阿公仍紧盯着巧克力。

“现在的都是这样啊！”

“这种是不是很甜？”

小和看阿公仍在追问，终究于心不忍：“我可以分一半给你，但是你明天就要还我。”

## 11

第三次遇见白牙的那一年冬季，赫连么么对成为护卫鲸一事，反感到了极点。虽然对打斗充满厌倦，可是它又想不出排解的方式，镇日浑浑噩噩地过日子，情绪陷入相当的低潮。

当时白牙早在它身边观察了好一阵子，它仍未察觉。终于，有一回，白牙游到它面前，挡住去路。同时，在它面前吐出大量水泡，故意讲一些充满挑衅的话：“怎么啦？你看来好像是这片海域上最大块的乌云。”

赫连么么毫不理会白牙，径自绕圈游走。

“鲸鱼是快乐的族群，”白牙紧跟在后，企图引赫连么么生气，“我们一齐努力，制造水泡网，合捕磷虾，也卖力唱歌、游戏。”

然后，它又屡屡擦撞赫连么么的侧腹，充满恶意地笑道：“你一定不敢跟我再打斗一次。”

一连数回后，赫连么么终于忍耐不住了。它大幅绕个圈，摆出打斗的姿势，远远地等待白牙冲过来。白牙看它做好准备，高兴地抢占一处顺流的位置，发动攻势。

它急切地冲向赫连么么。可是接近时，它突然发现赫连么么一点反应也没有，只是僵在原地，茫然地望着。一种空洞的眼神望着它，不，望着它身后不知是什么的东西，纯然就是等着挨打。眼看就要撞上，白牙急忙收势……

# 12

橡皮艇在高大的芦苇丛里，沿着窄小的水道前进。他们用木桨慢慢划动，一来怕声音太吵，惊动了沼泽的其他生物，二来河里藤枝太多，容易绊住。

但偶尔仍有一些秧鸡被他们惊醒，一边发出仓皇而警戒的叫声，一边遁入沼泽深处的隐秘角落。

“小和，听到声音没有？”叶桑仍像初来沼泽的小孩，高兴地叫道。

小和也十分兴奋，毕竟很少有这种经验。他正忘神地欣赏四周的景观，丝毫未察觉任何动静。好不容易才听清楚，远处的确有单音节短促尖锐的啼叫声传来。过一阵，类似的诡异声音再度响起。

“领角鸮。没想到，冬天来到这里也不安静。”叶桑说话的口气，好像遇见老朋友似的。

“这里是沼泽，不是丘陵。”阿公在后面嘟囔。

“以前在沼泽我就记录过不少。”叶桑反驳。

“说不定是蟾蜍。”

“它们的声音听一次，我就永远记得了。”

“太远了。”

小和听不懂他们的争辩，也没兴趣听。他无所事事地用手电筒扫射周遭的芦苇以及河面。他发现不用手电筒，在星光照射下，反而看得更远、更清楚。水平线远方泛着白光，那儿是他们住的城市。整个沼泽正处于静谧的世界中，只有划桨搅动的水声，以及偶尔有水鸟被他们惊吓得飞出去的拍扑声。

太安静了，小和竟感觉有点冷。直到看见水面有大鱼跃出，再扑通落水的黑影，他忙用手电筒照射。“好大的鱼！”

叶桑也用手电筒照射水面，端视许久：“那是豆仔鱼。以前涨潮时水里都是豆仔鱼，经常好几十条跳到船上来。”

“有一艘船没有开灯。”小和指着河心上，一艘死寂又黑影幢幢的船。

“那是采砂船。现在不是采砂的季节，工人把船锚泊在那儿随水漂浮，”叶桑解释，“天气好时，我常划船去那儿野餐、赏月。小和以后也可以来玩。”

小和指着对岸更远的一团黑影：“那边还有一艘。”

叶桑转头注意到别的事情：“陈君，看来这条河的淤积也愈来愈严重了。”

阿公并未在听，他正在回味刚才的巧克力。他觉得现在的巧克力太滑腻，甜味又增加，比以前的难吃多了。

“你应该也来加入我们。”叶桑边说边注意到老友出神的样子，这让他想起学生时代相处的日子。

“老了。”阿公突然冒出这句话。

“从我认识你以来，你这个人就是缺少热情。”

“热情不是用来讲的……也不是，用你那种方式。”

橡皮艇慢慢划入河心。河面逐渐开阔。

“好舒服的天气！陈君，你还记不记得我们第一次比赛的日子？”叶桑说。

“嗯。你连渔线都忘了带，还掉到溪里。”

“我是说那天有点像今天的天气。”

“不像吧！”阿公仍回答得漫不经心。十几年前的事，他早都忘光了。他只记得，那一次用不到一个小时，他就钓到鲈鳗，轻易地击败叶桑了。

“今晚的夜色和那一晚上的很像。”叶桑沉吟道。

“好冷。”小和喊道。

“它们应该来了。”阿公没搭理小和，反而像是在对自己嘀咕。

“鳗苗？”叶桑问道。

“嗯！鳗苗应该到了。”

“天气还没那么冷。太早了吧！”

“不会错的。”

“阿公，你看那边的草丛有亮光在闪。”小和叫道。

“萤火虫。”阿公说。

“萤火虫不是夏天才有吗？”小和又问。

“谁说的？”

“课本写的。”

“自然界总是会有许多例外的。萤火虫就是一个例子，叶阿公以前在冬天的山里也见过。”叶桑插嘴。

“萤火虫有好几十种。这种是水生的，现在是出现的尾声了，和你说的不一样。”阿公反驳。

被芦苇密密麻麻隐盖的小岛，似乎无靠泊之地。橡皮艇又钻入芦苇丛中，在一条狭窄的水道里迂回一阵，才找到一处小小的空地。

他们就在那儿登岸，抵达一处隐秘的小河湾。小河湾正对着河口，阿公判断是鱼苗洄游或上溯的集聚地，黄昏时，就在那儿摆置了鱼笼。

“装满水没有？”阿公说。

“河水真脏。”小和望着透明的水袋细瞧。

“要收网了，帮我照明。”

阿公慢慢把渔网收回岸上，再放入水袋里面。灯光照射下，许多近乎透明的小鱼苗游出来，散布在水袋的每个角落。

“看来大部分是鳗线。”

“鳗线是什么？”小鱼苗细若游丝，小和不免好奇起来。

“鳗鱼小时候，它们出生后，在海上漂流了半年才来到河口，现在是鳗线溯河回家的时节。”叶桑又在旁插嘴。

小和有时很讨厌叶桑在旁唠叨个不停。

“你如果捞起来看会比较清楚。”叶桑又说话了。

小和有点不耐烦："我可不可以就这样看？"

阿公用小勺子捞出一尾透明的小鱼苗，在放大镜下端视。"这就是鳗线，应该是白鳗。"他交给小和过目。鳗线长得像透明的冬粉，头上有一对小黑点。

"小和，你知道为什么鳗鱼会在河流与海洋间辛苦地旅行吗？它们待在同一个地点不是很好吗？"叶桑喋喋不休地问小和，然后，又自说自话，"那是因为每一种生物都有自己的生存策略，在低纬度地区，海洋的养分比河流贫乏，所以鳗鱼在海里出生，天敌也比较少，再到营养比较丰富的河里长大。"

小和继续在水袋里寻找新鲜的东西。

"如果你细心寻找，说不定有不一样的鱼苗。"叶桑在旁鼓励。

"叶桑有没有看到满意的地点呢？"阿公开始忙着测量水温、水质……

“我看看。”叶桑站起来观察四周。

叶桑一走，小和反而开始捞出鱼苗检查，再放回去。

“你要确定了再捞，不然会惊吓到鱼苗。”阿公注意着叶桑的去向。

“这一尾绝对不一样，尾巴比较黑。阿公，你快来看。”

“对，这一尾是鲈鳗。跟白鳗一样，冬天时溯河回去。”

“这里面还有不一样的！”小和大嚷。

“你选定哪里？”阿公看到叶桑走回来，好奇地问道。

“刚刚进来的水道如何？”

叶桑望着老友那认真的眼神，颇觉得好笑。他根本不喜欢这种比赛，但每次看到老友一丝不苟的比赛态度，就让他觉得从这种较劲中可以找到乐趣。从十几年前第一次比赛开始，他就变得定时需要这种乐趣，以发泄每天繁重的沼泽工作，输赢对他反而不是那么重要。

阿公点头：“我们去放饵吧！”他心里暗自得意，叶桑挑的又是他最喜欢的位置。

“小和，你在这里待着，不要乱跑。”

“我也要去。”

“我们只是去刚才经过的地方放个饵而已，马上就回来。阿公的渔具需要人看着。”

小和失望地蹲回水袋旁，朝他们离去的背影扮鬼脸。

# 13

赫连么么继续潜泳，时而小心地浮出远眺。天空越来越清澈，星星似乎因了寒冷而紧缩着，又远又小。繁殖期虽然已过，它却有一股想唱歌的欲望。

赫连么么这一族天生拥有好歌喉。它们的歌声抑扬顿挫，吟唱的内容变化多端，节奏感又十分准确。

它们也喜欢彼此静静地相互欣赏。

别的动物却不一定能明了那些歌的内容。它们只能从旋律去感受，有时好像是大象的长啸，但更高昂而持久；有时又像是低鸣，比山猪的咆哮更低沉而清晰；有的则是一种不着边际的轻吟，类似婴儿的嬉戏声；此外，也有一些像竹林一样随风摇曳、节节作响的断裂声音。

一道细小纤弱的水柱有气无力地喷出。

赫连么么终究没有开口吟唱，河流特有的狭窄仍让它比往常拘谨。

不过，眼前就剩一条路，它一点也不急了。它习惯性地做 S 形的潜泳。

每隔一阵，有一两个水泡从灰蒙蒙的河水中缓缓浮升……

# 14

那一年，它们抵达河口时，天上没有半点星光。

“就是这里。”白牙笃定地说。

赫连么么满脸疑惑，望着白牙。

经过了数千海里的结伴旅行后，白牙发现赫连么么还是那种颓丧表情时，它终于不禁厌烦。它实在无法想象，赫连么么这样的性格如何在鲸鱼的团体里生活，又如何博得雌鲸的好感。

可是，它也从未见过竟然有像赫连么么这样的雄鲸，可以等在那儿，以一种毫不畏惧死亡的眼神茫然地看着它。白牙觉得，赫连么么身上有种别的鲸鱼所没有的力量，就是那力量使赫连么么有勇气浮着不动，等着别的鲸鱼来攻击。这或许是它自己仍有兴趣陪赫连么么一起泅泳的原因吧，白牙自忖。也因此，它才能半骗半哄地把赫连么么带到河口来。白牙认为，只有像赫连么么这样对生活已无所谓的鲸，才有可能陪它溯河冒险。

白牙小时候就曾听闻，这条河里有一处沼泽，生长着高大的草，鲸鱼如果上岸，可以在这种草丛里获得充裕的休息。晒茗荷介，止痒，非常舒服，茗荷介却不会有脱落之虞。当然，吸引它来溯河的目的绝非这个小小的诱因，毋宁说是一种对自我极限的挑战，让它做了这个决定。

赫连么么则认为，白牙一直在寻找一个更大的自己。然而，这条河真的能提供答案吗？很少鲸鱼到过那里。

白牙仿佛已经闻到河岸飘来的草味。

“我们就在此观察好了。”赫连么么并未有如白牙那样坚定不移的打算，面对从未接触过的大河，它有点犹豫。

“我干脆自己进去算了。”白牙故意生气地说。

“可是，我们没有半点经验。”

“第一个完成溯河、发现这个沼泽的鲸鱼，又哪里来的经验？你既不想打斗，又觉得生活无聊，带你来此，却又害怕。你到底要什么？”

“溯河只能证明你有勇气，并不能说你就是对的。”赫连么么思索道。

“纵使错了也值得。”白牙说。

赫连么么愣在原地，不知如何回答。

“我先进去了。”白牙一如打斗时的勇猛，说完就摇尾一走，故意不再理睬赫连么么，径自朝大河游去。

赫连么么未料到白牙说做就做，根本来不及阻止。它只好硬着头皮，惶惶尾随。这完全在白牙的意料当中。

它们缓缓地深入。

除了水质不一样，赫连么么并未感到任何不适，它只听到自己的喷气与泅水声，此外什么也没有。它的心仍绷得很紧，有点后悔跟进来，但似乎已来不及，波涛汹涌的海水声音在背后消失了。

“以前，一些老鲸鱼上岸搁浅，跟溯河有什么差别？”赫连么么借着其他事打发自己的恐惧。

“那是发生在海边。它们在完成一种已知的责任，我们是在做未知的事情。”

“实在看不出有何差别。”

“已知是死的，未知是活的。未知有一种主动的感觉，命运由自己操纵。”

“我以为你的兴趣只是做一头优秀的护卫鲸。”

白牙没有答话。

“我们要上溯多远？”

“不知道。可能会遇到一些状况。”

“你是说危险？”

“我很后悔带你来这里。”白牙又故意生气，它发现自己高估了赫连么么的勇气。

赫连么么不敢再多问。

直到白牙主动开口：“好暖和的河啊！”

“嗯，我想起童年了。”赫连么么还是不敢太松懈。

“岂止童年，这是一种梦想实现时的温度。”

赫连么么吓一跳，它从未料到白牙会说出这么蕴含哲理的话。

“前方有一座岛。”

“到了，应该就是这里。我们找到了！”

白牙兴奋地喊叫，猛然深潜，再奋力鲸跳，整个身子几乎跃出水面，转身，重重地，以背跌回水面。

# 15

从大海的边陲，

我将偷窥自己和世界互相追逐。

赫连么么还是忍不住吟唱了，它唱的是白牙生前的创作。

继续闭目养神，偶尔浮出水面换气。整条河在此变得宽阔起来，像一座大湖，毫无涨退潮的感觉。它依上回的记忆判断，沼泽应该快到了。

等它再次调整好心情，感觉适合出发时，河上更是满天的星光。多么温暖的河流！它真想一直浮在水面，高举胸鳍，轻拍水面，无所事事地慢慢泅泳。

星光照射在光滑、乌亮的鲸背上，一小座一小座峭立嶙峋的茗荷介露出光芒。它又愉快地换了口气，喷出长长的水柱。年轻的时候，它可以喷到七八米高。现在能喷个四五米就不错了。茗荷介又在骚动，来到这新的环境，它们动得特别不安。

大概是知道要搁浅上岸？赫连么么不免自我嘲笑起来。

最后，它突然又不忍心地潜入河底，制造滚滚的水泡，让背上的茗荷介接触最后一口水。

它也做出最后一场自娱的游戏：鲸跳。猛然向水面飞跃。冲出时，向后倾倒。在星光下，摊开宽长、洁白如鸟之羽翼的胸鳍，敞开灰亮的胸膛，瞬间挺立，只留一点点尾鳍在水面。同时，扭身，后翻，重重落回水中。

它在心里默默喊道：

曾经拥抱海洋的胸鳍用来向河流致敬，

那是垂暮之年最大的荣耀。

落回水面时，河水轰然乍响。它如铅锤般往下沉，直到贴近河床。等它再浮出水面，迎面而来的赫然是一座黑色而细长的跨河大怪物，以前来时并没有。

可怕的事终于来了！那大怪物虽像石壁一样没有生命，但它的下面沙泥淤积十分严重。它很怀疑自己肥胖的身体是否能够通过。大怪物形成四五个拱门，每个拱门下都有一条水道。它在大怪物下来回徘徊，始终找不到深度足以通过的水道。潮水即将消退，如果现在无法通过，它势必要退回河口。

难道就待在这儿搁浅待毙？回去吧！回到海洋最深的地方！它发现心里也有一个这样的声音正向自己召唤着。它犹疑地慢慢朝河口洄游，但想到白牙横陈沙滩的景象，未几又转回头，面对大怪物。

赫连么么还是决定一条路走到底，那就是冒险游过去。它毫不顾忌地对准一条较深的水道，倾全身气力冲过去。像一尾弹射过猛的飞鱼，冲出水面后，仍想拍翅高飞，却迅即跌回水里。

身体在和沙石一阵剧烈的擦撞后，全身忽而在河之上，忽而在河之下。霎那间，它昏迷了过去。最后，它发现自己漂浮在大怪物之后的河水上，沼泽也隐然在望。

身子经过这一番猛烈的擦撞，多处部位都疼痛起来。真的是老了！它想。这次的冒险让它越发不敢轻视河流的变化。它小心翼翼地往前泅泳而去。眼看目的地即将抵达，赫连么么终难掩抑兴奋之情，玩心再次大发。喷沫、拍鳍，又制造出巨大的声响，浑然忘记刚才的危险。像万只乌贼求偶期的骚动与互撞，它拍出来的水花，在月光中飞溅如银白的流星群。

沼泽越来越近，赫连么么突然停住。眼前不远的河心，又有一个黑色东西横陈着。它不敢再肆意拍打河水。

赫连么么静静地辨识，观察许久，终于认出是一艘船。奇怪的是，这艘船并未点灯，引擎也未发动，只静静地浮在河心。

这回或许是生命将尽，面对这个似乎熟悉却又相隔那么远的物体，它萌生了好奇心，转而向它缓缓游去。它从未如此接近过船。以前听到船的声音，早就避得远远的。它先绕游一圈，再谨慎地靠近，探寻这艘船搁浅的原因。原来，它泊靠在沙洲上，沙洲还未浮出水面。

它继续观看，甚至用额头去碰触，试图了解这种以前害怕接近的怪物。无法行动的船看来十分温和，它轻拍水花，以示友好，并且陪着这个从小就陌生的怪物，直到潮水明显消退，沙洲浮露，它这才转向，慢慢朝沼泽游去。

# 16

不知过了多久，阿公和叶桑仍然没回来。小和有点害怕，可又不敢随便乱跑。他只敢将视线稍微移开水袋，远望到河湾。

阿公叫他看好水袋与渔船，他看得都快打瞌睡了，不知道要做什么才好。他想，早知如此就不应该答应跟阿公来这个沼泽地。短短的假期，自己应该跟同学们到别的地方玩。这里什么东西都没有，只有恶臭与蚊虫。他愈想愈后悔。明天清晨还是早一点离开这里吧！

可是，他又多么不希望开学！上学期期末最后一天期末考时，那个一脸番薯相、眼睛眯起来十分奸险、身材又肥胖的语文老师，清楚地看到他把考卷露给后面的同学偷看，却不动声色。等他交卷时，才刻意地把他的考卷放到一旁。

他全身发冷，呆愣地坐回位子。

下课后，绰号叫番薯的老师抱着考卷走出教室，他跟在后面，一直走到办公室门口。

番薯早知道他跟在后头，正待走入办公室时，猛然回头，张口就责骂："作弊还敢跟过来！"然后，趾高气扬地走进去。留下小和傻傻地愣在走廊上，差一点哭了出来。

如果永远不开学多好！小和真害怕还要面对番薯。也不知会不会记过？说不定，番薯是在吓唬他？或许，番薯下一学期就不会来了？……有点热，他摘下帽子扇风，想要把徽章摘下。

唉！算了，他想，长吁一口气，用头灯到处照东西，借以壮胆。慢慢地，除了风声外，他还听到一些较细微的声音。水面偶尔仍有微小的扑通声传出。他用头灯搜寻，是一些很像泥鳅、眼睛却特别夸张凸出的鱼，静静地趴着，偶尔在水面上跳动。

然后，他实在找不到事情做了。潮水正渐渐退去，裸露的泥沼地上，有许多只有单只巨大白螯的小螃蟹从土洞里跑出来觅食。这些小螃蟹将他的注意力吸引了过去，他不怀好意地掏出一把玩具手枪。刚才阿公在，他不敢拿出来。这是前几日偷偷买的。同学们都有，他当然也要有一把。他瞄准小螃蟹，一只一只地射击，塑胶子弹将周遭的小螃蟹吓得不敢爬出洞穴。

玩久了他觉得无聊，打开头灯乱照。照过一阵子，又不知道该做什么了，干脆继续看水袋里的鱼苗。头灯前飞来一堆蚊子，不断干扰他。那是沼泽常见的，像蜂群般飞舞的摇蚊。小和用手不断挥赶，偏是吓不走。未几，一只夜蛾飞来。他干脆拿这只飞蛾出气，一掌将它打落水袋里。

夜蛾掉下去并没有死，不断地挣扎，努力想爬出水袋。好不容易攀到一根水草，刚爬上去，小和仍不放过它，再把水草取走，让它继续在水袋里挣扎。夜蛾似乎惊吓过度，未挣扎多久便寂然不动了。

又过了一会儿，小和再照射水面时，发现它竟然还在努力地拍翅抖颤着，试图爬出水袋。小和清楚地知道，如果他不伸手帮忙，这只夜蛾绝无机会逃离水面。

小和终于不忍心，取了一根小树枝放到夜蛾旁边。

夜蛾紧紧攀住小树枝时，整个身体继续颤抖。

小和小心翼翼地把树枝取出，放到地面上。

又过一阵，小和再照射时，树枝上已空无一物。

这个结果让小和如释重负，好像完成了一件天大的事，心头涌上一阵莫名的喜悦。

高兴之余，他想再练习口琴吧！

于是，他马上取出口琴，却又不敢大声吹，生怕如阿公所言，吵到沼泽的其他动物。

他刻意往低音阶吹，吹一首最近刚学的。才吹不到几秒，他忽然看到河里远方慢慢露出一团黑色的东西，庞然地横躺着。

他吓了一跳，原本以为是石头。定神一看，没错，果然是只动物，横躺在那儿。

小和惊出一身冷汗。那是什么动物呢？怎会躺在这儿？阿公从未告诉过他，这里有这么大的动物。

他被这黑色的东西莫名其妙地慑住了，整个人僵在原地。只听到四周有穿过芦苇丛的沙沙声，一道刺眼的灯光往他身上照来，他勉强睁开眼，两团高大的黑影缓缓走过来。

# 17

那一年上岸的准备比较谨慎。赫连么么和白牙一直在小岛外围徘徊、观察，寻找最好的上岸地点。鱼肚白的天色点染着几片薄薄的、快速飘动的乌云，枯竭的芦苇丛在河风下沙沙作响，四周充满肃杀的气氛。

“我们游上去时，游得愈深入愈好，尽量不要露出身子。”

“什么时候再游回去？”

“夜深涨潮时。”

“恐怕太久了。”

“所以要定时喷气，保持潮湿。”

“如果我们无法撤退呢？”

“你想说什么？”

“没有。”

“这是生命中最伟大的时刻。”白牙语气略带激动而兴奋地大喊。

赫连么么极不喜欢白牙这种说话的语气。

白牙继续高兴地说着：“在这里，你看，多么好，没有交配、繁殖的打斗压力，我们可以腾出许多时间与精力，去完成其他事情。”

“这趟冒险是你的旅行，不是我的。”赫连么么心想，同时想到白牙打斗时的急躁。

白牙又喊道：“我看到一处上岸的好地点了。”

“我们快点去吧！”事到临头，赫连么么反而迫切地想快点结束整个冒险。

白牙实在不明白赫连么么反反复复的心思，听它这么说遂吓了一跳。不过，白牙也再次感受到赫连么么那种毫不畏惧死亡的奇特力量。

## 18

趁夜色，赫连么么缓缓滑入梦寐以求的芦苇丛里，在松软的泥滩上搁浅。它身上湿漉漉的水气迅速消散，无边无际的寒冷自周遭袭来，四周已失去水的浮力，只有腹部与尾鳍仍在河水的涨落中，能略微感受到河水的存在。周遭的冷空气迅速围拢，但赫连么么并不觉得寒冷，反而对身下柔软的泥滩充满新鲜的感受。上一回太紧张，它完全没有心思去好好享受这一点。它静静地卧躺着，嗅闻着干冷的空气，紧紧盯住黑夜深处的高大芦苇丛，还有赫立在旁的高耸云霄的山峰。

它知道自己的生命已从海洋脱离，又来到了另一个世界。

泥滩笼罩在漫漫的黑暗中，萧瑟的河风不断急促地掠过芦苇丛，还有整条河流的水声在空旷之中漫漫缓动，仿佛在演奏着一首沉闷的乐曲。

此外，就是它自己沉重而浓浊的嗞嗞鼻息声了。

浑黑的身躯在星光下发亮，如一块大陨石。

枯褐的芦苇丛在寒风中摇曳，它嗅闻着陆地的味道，沉浸在一种完全没有盐与浪潮的时空中。在这个完全与海洋阻隔的时空里，生命的意义变得暧昧起来。它好像回到了生命的最原点。那一年，它和白牙来的时候就是这种心情吧？这种感受，绝非骆加这类型的鲸鱼所能体会的。

想到此，赫连么么发觉，眼角竟有一滴泪流下。

# 19

这回向西前来的半途中，赫连么么邂逅了迷途的小雌鲸骆加。骆加陪它旅行了在海洋里的最后一段。

“你想前往哪里？”骆加直觉感到，跟赫连么么在一起有种说不上来的毫无安全感，因为它们愈来愈偏离北返的航向。

“我准备找一条河上溯，再上岸。”

听完赫连么么笃定而干脆的回答，骆加有些吃惊，但也因为知道了它的意图而安心不少。

赫连么么有点骄傲地又复述一遍。

“你不打算出来了？”

“你看看我，一头年轻时就溯过河回来的鲸鱼。”

面对老态龙钟、经常不知道在讲什么的赫连么么，骆加不知如何再启口。

“不许用那种同情的眼神看我。我知道你在想什么。”

骆加不吭声，仍盯着这头脾气看来也不是很好的老鲸鱼。

“时候已经到了，”赫连么么突然冒出这么一句话，接着，又感伤地说，“可是整个海洋仍然存在。”

话刚说完，赫连么么用一种睥睨一切的眼神看着骆加，似乎骆加还很小、不懂世事的样子。然后，它又悠然地说：“想到马上要溯河，我就有一种说不上来的愉悦。”

“如果每头鲸鱼老了都有你这样的想法，这个世界会变得很无趣。”

骆加说完，扭腰摆尾，潜得又深又远。许久，再游回来时竟是一副自信而愉悦的神情：“我活得很快乐。”

赫连么么心里想，这就是问题的所在了。

它也继续向前潜游，未再和骆加说话。

赫连么么吐了一个巨大的气泡。它想，骆加正是那种善于唱歌、跳舞、游戏，将来也会精于交配、觅食、育幼的健康雌鲸。培养茗荷介、汲汲于战斗的自己，以前不是最常为它们苦恼吗？

骆加突然停止不动了。

“怎么不游了？”

“你听！”

“什么都没有啊！”赫连么么摇首摆尾，缓缓地吐着气，仍是徜徉的模样。

“有一群跟我们一样的大型动物游过来了，速度比我们还快。”骆加紧张地大喊。

“我怎么都没听到？”

赫连么么如水母般安然漂浮。

“赶快走吧！它们已经朝这里来了。”

“你会不会听错？”

骆加不理会赫连么么，径自摆尾离去。

赫连么么跟在后头吃力地追赶，却怎么也追不上。

骆加像一块小乌云在它的眼前轻快地飘浮而过。

好不容易追上时，它却发现骆加已停止前进。

“真奇怪，这么久了，它们仍一路跟着我们。”

赫连么么嗅了嗅水流，终于，它也闻到了，于是咕哝道：“真的是老了。”

赫连么么和骆加判断，应该是遇到了一群逆戟鲸！

“它们越来越接近，怎么办？”

“你以前见过没有？”

骆加摇摇头，全神贯注地聆听着逆戟鲸的动向。

“我曾经被十几头鲸包围过，它们一点也不敢接近我。”赫连么么自吹自擂。

“不要老是讲那些过去的事，现在怎么办？”

“现在要游走已来不及了，”赫连么么吐了一大串气泡，强装镇定，“你如果跑了，它们还以为我们害怕。这样反而增加它们攻击的欲望。我们的唯一办法就是迎上去，让它们害怕，不敢攻击我们。”这是以前白牙教它的办法，它不知道是否能成功。

骆加听了实在不敢置信，可是已别无他法。

赫连么么喊道：“走吧！”它也就乖乖地尾随，向前游去。

“它们仍继续游过来。”骆加喊道。

赫连么么没有说话，其实心里也紧张得不知所措，只是埋头全心潜泳。

五百米！

剩下三百米！骆加又在心里喊道。

赫连么么仍闭目往前冲，完全把生命豁出去了似的。

两百米！

一百米！

五十米！

骆加紧张地闭眼，但似乎来不及了，一阵逆戟鲸带来的水流，如冰山漂过海面时总有的一股寒气，突然从它的身子周遭涌过。等它定神，发现自己安然无恙时，它高兴地回头找赫连么么。

可是赫连么么呢？

它吓了一跳，以为出事了，急忙浮出水面。只见赫连么么正漂浮在远方。

赫连么么已经累得说不出话来，瘫在海面上，像一尾翻着肚腹的死鱼，随浪潮起伏，勉强喷出一点水气，胸鳍举不到一半即颓然落水。

## 20

看到小和紧张地指着河湾上的怪物，叶桑不禁莞尔一笑：“那只是一头死猪，大概是被人抛弃，漂流到此。”

阿公抢先走过去。

小和跟在叶桑之后，尽管只是一头死去的猪，他还是有些害怕。接近了，他继续站在叶桑背后。

死猪有一半浸泡在河水里。阿公随手捡了一根木棍，用力将它翻转，露出开膛破肚的腹部。

“这里有许多鳗苗。”阿公兴奋地用头灯照射猪身。

小和从阿公与木棍间迟疑地瞧过去，赫然看到死猪的肚腹里，有一堆像蛆一样蠕动的鱼苗，连嘴角都有三四尾在爬行。

他感到胸口一阵恶心，差一点将胃里的晚餐都吐出来。

“总算没白跑。”阿公继续用木棍冷静地翻查，检视着死猪。

叶桑在一旁听了非常纳闷。

阿公抬头瞧见叶桑不解的神情时，微笑道：“这里常有上游丢弃的死猪漂来。我判断退潮时，应该会有许多鳗苗选择这里作为暂时的栖息地。我果然没有料错，这对以后捕鳗苗的人有很大的助益。”

叶桑瞪大眼睛，他实在不敢相信，老友的研究仍处于一种水产养殖的心态。

# 21

回到营地后，小和觉得非常疲倦，马上钻入被窝睡觉。

阿公和叶桑重新升起营火。大概工作告一段落，而且有了新发现，阿公觉得肚子非常饿，胃口也特别好。囫囵吞地吃了生力面，又倒了一杯奶茶。

“好久没这样熬夜了。”阿公背靠一根残木，舒服地躺着。

叶桑仍在沉思鳗苗的事情。

“你为何确定这回可打败我？十几年来，你只赢过一次。那次还是我忘了……”阿公吃饱了，话也多起来。

“最后一次的胜利才算赢。”

“你凭什么赢？”

“你不懂的知识。”叶桑想起老友拨开死猪的兴奋表情。

阿公冷笑，他才不相信叶桑真的有了新的创见。

叶桑低头不语，不停地拨弄营火，似乎对这个议题毫无兴趣，也不像平常那样多话。

阿公这一回特别选楠木雕刻木头老鼠，是因为楠木的气味浓，在水里传出甚快，范围又广。叶桑和他的放在一块，鲈鳗根本闻不到叶桑的。而且，水流朝着河口，他的老鼠在叶桑的上游，这场比赛在阿公看来，叶桑根本毫无胜算。

叶桑也知道，自己只是在赌，希望鲈鳗不会在涨潮时出来。等退潮水位降低，气味便散得慢了，届时，他的赢面就大了。此外，他还掌握一项阿公仍不知道的新资讯。

“你知道为什么你每次都会输?”阿公一副同情的口吻。

眼看叶桑未吭气，阿公欲言又止。阿公一直不懂叶桑为何不将木头小鸭的底部漆成白色，以吸引鲈鳗来吞咬。这种知识在一些新近的研究报告里都已提出。总之，他可以确定叶桑根本未用心去获取新资料。

两人沉默了许久，换叶桑打开话匣子:“前个月，有人在小岛附近发现，一些人家养的小鸭无缘无故失踪了，我想你大概也知道这是谁的杰作，所以我这一次才选择用小鸭。”

霎时听到，阿公有点错愕，但随即一脸不在乎的表情。

“气味才最重要，”阿公信心十足地说，“涨潮时，鲈鳗一定会出来。”

“这种事连这里的渔夫都不敢随便下结论。”

“难怪他们这几年都没有捕到。”

“许多动物也冬眠。鲈鳗很聪明，不会随便浪费体力。”

“冬天不容易找食物。”

“你这个人就是嘴硬。”叶桑苦笑。

阿公突地把脸一沉，不说话了。

# 22

小和又做了一个梦。

在梦里，他背着书包，独自穿过夜黑的沼泽。他不知道自己要走到哪里，只是不断地走。天空漆黑一片，两边的芦苇却愈来愈高大；最后，每一根芦苇似乎都变成巨竹。他感觉自己反而像只小老鼠走在沼泽里。

他迷失在芦苇丛里。

没想到，天空竟飞来一只目露凶光的猫头鹰，振翅拍扑而下。他吓得慌张地乱跑乱冲，书包、帽子、铅笔……都掉光了，最后，整个人陷入了泥沼里。

他试着爬出来，却一点也使不上力气。一只夜鹭飞到他对面的芦苇丛畔，仿佛在草丛中窃笑。那是小和听过的最难听的鸟叫声。接着，夜鹭又骄矜而悠闲地梳理着自己的羽毛，对陷在泥沼里的小和漠不关心。

小和生气地拾起石子朝它丢去，夜鹭仍无动于衷。他发觉自己愈陷愈深，污泥已没及腰部。他努力大叫，但半点声音也发不出来。

他急得四处张望，终于看到不远处有一块巨石可以攀附。他设法挪移，费了一番工夫才接近。可是，往前再看，却大吃一惊，竟然是一头鳗苗群不断爬出的死猪。他赶忙往回爬，可死猪黑色的大影子慢慢靠过来，他害怕地想喊叫，喉咙却有东西哽住似的，偏是发不出声。他只好闭上眼，拒绝目睹眼前的光景。

未几，死猪似乎未再接近，他觉得周遭有一股比冬天的河风更寒的冷意吹拂脸颊。他微微睁开眼，没想到眼前赫然站立着那只身材肥胖短小的夜鹭。这回他终于能出声大叫了。

随即，他发现自己已经飘在空中。回头一看，是那只夜鹭用巨大的嘴喙衔咬住他。他们一起越过沼泽上空，飞向河口。

在他们底下的河口处，正有数以亿计的光点闪闪发亮。每一点亮光都是一尾小鱼苗。它们构成庞大的冬天河光，缓缓移动。有的光芒向海洋流，有的则朝河上游行来。小和看得目瞪口呆，吓得半句话也说不出。

这时夜鹭慢慢迫降，竟然将小和放到河里去，等小和发觉不对劲时，他已全身浸在河水里头。小和吓得要大叫，忽然发觉全身一阵轻微的刺痛。紧接着，变得异常舒服。

刚入水时，还有一阵冰寒，现在变得暖和起来。他正疑惑，挥动手，手臂竟扬起无数不断晃动的水光。他再好奇地摆动，水光紧跟着他的手臂舞涌。他又兴奋地挥动四肢，整个人竟全身发光。舞动越快，亮光也愈多。

最后，他潜入水里，发现四周都是正在漂浮的小鱼苗，他身上的光都是这些小鱼苗发出的，小和更感觉不可思议。于是，他开始学着鱼苗群随潮水起伏。不知不觉中，他也变成一尾小鱼苗，慢慢地远离河口……

# 23

天空太高了，

么么和妈妈都飞不上去，

只有星星才飞得上去。

赫连么么想起小时的第一首歌。从以前到现在，凡是唱过的每一首歌的内容，它都记得十分娴熟。午夜已近。满天繁星，北方孤独发亮的那一颗，是赫连么么最熟悉的小熊星座α星……

# 24

那一年上岸后，翌日凌晨，它们才准备离去。

“泥沙太多，出不去了。”

潮水已经淹到赫连么么的腹部。长时间失水后，皮肤干枯僵硬，突然再遇到水，它全身便酸疼不已。

“这是你的心理作用，我们在陆地待太久，身子难免会僵硬一些，我们先让海水慢慢湿润，过一阵就会恢复过来的。”白牙说。

“假如出得去，我再也不来这种鬼地方。”

“我觉得舒服多了。”白牙强忍着痛，倾吞一口水，奋力喷出气，把背部浇湿。

“试着喷气看看。”

“这样有用吗？”赫连么么依样画葫芦。

又过一阵子，潮水淹没胸鳍后，未再涨高。

“应该是动身的时候了。”

“你确信吗？”

“嗯，现在先摆尾，你在前，我殿后。”

“我的尾鳍抽筋了。”

“天啊！我们一定要在最满潮时出去。”

“我还是没办法。”

“换我。”

白牙趁潮水涌至时，猛然扭身，企图离开沼泽。它又顺势朝赫连么么的尾鳍撞了一下，企图让赫连么么也能脱离。未料到，这一撞，对赫连么么毫无帮助，连白牙也来不及随潮水脱离，再次陷入泥沼。

## 25

从小跟自己一起长大的，

永远是童年发亮的星星。

有一回，它遥望着小熊星座，突然对米德冒出这么一句话。北返途中，米德曾屡次教它，如果走失了落单时，朝着小熊星座的方向就对了。上一回，游出河口，它和白牙就是跟着小熊星座回到了北方。

今晚的小熊星座似乎特别亮。它隐隐感觉，背上的外皮逐渐干硬，甚至有点龟裂的痛楚了。

在河湾时还能嗅闻到的一丝海流渗入河水的气味，如今也荡然无存。现在，只剩河风的冷与咸，干与空，且徐徐吹拂着。它的鼻孔如干涸的废田，荒凉地暴露着。这回，海洋气息的消失让它有种背离旧秩序的快感。

# 26

试图离开沼泽失败后，它们未再有后续的动作，像两艘废船斜躺在草丛中。

“你在想什么？”

“什么都不想。”

“很抱歉带你来此。”白牙的语气已丧失先前那一股不屈之气了。

赫连么么苦笑，安然地躺在那儿听天由命。

“开始退潮了。”白牙说。

赫连么么闭目不语，仿佛开始在享受这种命运的安排。

白牙有些气馁，但它真的不甘心。

“你有没有想过死亡？”赫连么么突然插问。

这回换白牙不答。

过了一阵，赫连么么再问道：“不知道以前的鲸鱼面对死亡时，有无想过如何死比较有意义的问题？”

“死亡需要花脑筋，是最痛苦的事，”白牙仍在挣扎，“我还没有时间想这个问题。”

“你知道吗？我这辈子最怕鲸跳。”赫连么么感叹道。

“为什么？”

“因为自己太胖，跳得不高。我喜欢单独徜徉。”

“这也没什么不好。”

“你觉得我的打斗能力如何？”

“缺乏信心。”

赫连么么默默点头，突然哀怨地感叹："你看来样样都精通。"

芦苇丛的沙沙作响声停了，沼泽离奇地安静。

沉默许久后，白牙也忍不住开口："你绝对无法相信，我的唱歌能力很差。"

"真的？"

"真的，我从来没有完整地唱过一首。"

赫连么么瞪大眼睛。

"我只会一些儿时的歌，而且记得不完整。"

"来，我现在可以教你。"赫连么么兴奋地哼起来，全然忘了仍身陷泥沼里。

关于我的行踪，

童年的星星知道。

死到临头，白牙实在不敢相信赫连么么竟然有这样愉悦的心情。可是，它们又能如何呢？白牙起先有点别扭，慢慢地，也跟着支支吾吾地哼了起来：

死亡沉沉地呼吸，
我们偷偷绕过它。

“你吟咏得相当不错啊！”
“我头一次听到这样好的赞美。”
“只是有种过于自恋、自负的意味。”
“大家都有吧！”

赫连么么再度讶异于白牙偶尔闪烁的智慧光芒。

“你只是隐藏着而已，这使你看来比外表还懦弱。”白牙又说。

它们又唱了许多歌，直到白牙突然停止。

“怎么了？”赫连么么发现只剩下自己在独唱。

“我怎么未想到呢？”白牙大叫起来，“你的尾鳍现在如何了？”

赫连么么试着摆动，但处境仍然未见好转。

“无论如何也要动，现在，我们一起等一次大的浪潮，到时记得一定要往前冲！”

“往前？”

“对，记得往前，”白牙信心十足，“我们只有往前才可能离开。”

“现在是退潮啊？”

“我们可以趁脱离泥滩之际，迅速再往回游。让潮水带我们离去。”

“办得到吗？”

“你准备好了没有？”

赫连么么有些不知所措，因为在心态上，它以为自己已经死了。

果然，一阵大浪涌至时，白牙喊道：“好，走吧！”

赫连么么赶紧尾随白牙喷气，扭腰摆尾，但尾部剧烈的伤痛随之而至。

芦苇丛里，泥浆满天飞溅……

# 27

赫连么么感觉额头前有只小动物在嗅闻自己。它吓了一跳，觉得来者似乎不怀好意。它故意发出声响，喷了一口气，试着把这个小家伙赶走。

小动物惊吓得从它左边迅速溜走。原来是只小田鼠。但是赫连么么不认识，小田鼠的出现让它心生恐惧，警惕之心油然浮生。它的右眼直瞪着小田鼠消失的地方，左眼却看到了另一只动物爬过来。

来的这一只，这回它认识了。没想到大海龟竟然出现于此。大海龟慢慢爬近，嗅闻赫连么么，仿佛觉得自己在哪里见过这种生物，大剌剌地在赫连么么的嘴角边歇脚。

“今晚可真热闹啊！”赫连么么其实想静静地度过最后的这一时刻。

大海龟认识它，用赶走老鼠的方式是惊不走大海龟的。它无奈地念念有词：“快点走吧！我想独自在此。”

大海龟却在它的身边闭目，一副安详静谧的神态。赫连么么未料到，连搁浅也有海洋里的老朋友来相伴。失去水，它感觉非常疲倦，不一会儿就昏沉沉地睡去了。

## 28

“看到没有？”赫连么么在浓雾里迫切地追问。

“只有一条河，味道真难闻。”骆加仍不懂赫连么么的真实目的，它也怀疑赫连么么自己是否知道。

“有没有山？”

“看不清楚。”

“我们再靠近一点。”

“太危险了。”

“不会的，我以前来过这里。”

“能不能在这里等雾散去？”

赫连么么勉强应允后，骆加松了一口气。

它们徘徊在离海岸稍远的地方。

骆加仍游得甚快，赫连么么追得十分吃力。骆加时而回头等它。

“我觉得自己还有交配的能力。”

赫连么么突然想起在过去共同生活过的雌鲸，它记不得已有多久没有和雌鲸在一起了。

骆加许久之后才回答：“你想证明什么？”

“这表示我还能处理许多事情。譬如，我还能继续和年轻的雄鲸战斗。”

“可是，现在你选择溯河上岸。”

话不投机，两头鲸鱼又是默默无语。

雾缓缓散去。

“我看到山了。”赫连么么大喊。

“你看错了，那里什么都没有。”骆加发现这头老鲸鱼的视力与体力一样差。

“没有山的话，一定要继续南下。”

“我要往北走，大家都已经回去。我必须赶快。”

听到这话，赫连么么奋力呼气，头上顿时形成一股树丛般的水气，然后猛吸一口气，再潜下，故意向骆加咕噜吐出。

一排水泡网在骆加的眼前形成，不断浮升。水泡网的制造，多半是用来惊吓和圈住磷虾或小鱼群，借此觅食。不成熟，或孩子气的，才会在同伴面前喷出。

骆加知道它的用意，转而生气地大声说话：“你以为溯河搁浅就能证明什么？”

赫连么么停止水泡的游戏，一扭腰，冲到骆加面前，横挡住它的去路，脸色异常难看。

“我希望夏天在冰山海湾觅食时还能再见到你。”说完，骆加不再理它，闪身溜走。

“不可能了。”赫连么么在骆加愈来愈小的背影后默喊。

## 29

赫连么么继续吞吐水泡，但一吐出后，随即失去某种力量。它紧张地打了个冷战，顿时清醒。它发现喷出的水气，全部溅洒在泥滩上。清冷、空荡的泥滩。赫连么么意识到这里是沼泽时，些许愣了一下。

然而，想到骆加，想到鲸鱼族群，身为一头鲸鱼的它，终极目的是什么？打斗、交配、繁殖、养育下一代长大，还有集体觅食、集体唱歌、集体游戏。难道就是这些？这些理所当然的事，却让它觉得很困难。简单地哼吟歌曲里的诗句，单独地想一些无关觅食的事，在月光中泅泳……有时，真的，它觉得这样的生活就很好了。可是，别的鲸鱼都很鄙夷这些。每年随着族群的南来北返，它时时有一种不清楚缘由的不甘愿。

又继续喷气，很认命地，仿佛在做生命的最后一搏，扭腰、摆尾，奋力地要把体内的气全部排出，甚至竭力地把内脏、脑子、生活经验，把所有的旧有的一切全部喷出来似的。喷到后来，喷气孔只剩一团白沫，整个身子全然瘫痪，晕厥过去。

等它慢慢醒来，大海龟已不知去向。

突然间，有一团小东西落在它的头上。它正疑惑，头上又出现笨手笨脚的飞降声音与重量。是一只海鸥。接着好像又停落了两三只。只有海鸥才会如此粗鲁，每回都好像在刻意宣示自己的到来。如果是风鸟站上一整天，赫连么么恐怕都不知道它们的存在。

海鸥们毫不客气地胡乱走动，努力地找寻茗荷介，不停地探啄。赫连么么虽然觉得舒服，却不是很高兴，但也只有闭目，无奈地任凭海鸥啄食。不知道先前那一只是否还在里面。它正狐疑时，远方又传来一大群海鸥群飞的聒噪声。

海鸥愈聚愈多，把赫连么么的头顶当成市集，从茗荷介中找食物吃。入冬以后，海鸥群从未享受如此丰富鲜美的佳肴，它们快乐地喧闹成一团。

赫连么么原期待的一场庄严的活动，竟然变成这样的情景，它的心情坏透了。它从未像现在这般讨厌海鸥。

## 30

天亮了，小和坐在河边，用一根木枝刮除球鞋上的污泥。不一会儿，这双才新买的球鞋已刮出原先的亮丽。

叶桑也在河边整理橡皮艇，阿公则绕到街上买东西，顺便买早餐。

“叶阿公，为什么你一定要和我阿公比赛？”

“大概是我们谁也不服谁吧！”

“鲈鳗是什么鱼？”

“它是溪里最凶猛最大的。冬天时在河口比较少见，尤其是大的鲈鳗。”

“你们为什么不用真饵呢？”

“假的才有挑战性，而且不会伤害到它们。”

小和仍是满腹疑惑。

“我们会选鲈鳗，因为它们是很聪明的动物，非常不容易捕获。放饵的人必须考虑到水流、气味、颜色这些复杂的问题。这是门大学问，想要钓到必须下很大的功夫。日本人也相当喜欢，他们以钓鲈鳗作为最高的挑战。以前，我们常派队伍去和他们比赛。”

“我们一定赢吧？”

“最初赢的几率大，后来都输了。”

“为什么？”

“我们都是用同一种土法，各凭经验。他们却不断累积知识，更新钓法。”

“这跟你和阿公的比赛有什么关系？”

“因为你阿公采用的就是日本人的方法。”

“你是说阿公又要赢了？”小和放了大半个心。

“嗯，对，不过也很难说……”叶桑突然发现小和运动帽上的徽章不见了。

“什么时候开学？”叶桑无意间闲扯到小和的痛处。

小和答不出来，暗自低头。看到鞋带松开了，他蹲下去系绑。

小和不答话，叶桑也未再追问。

这时，太阳的照射转而吸引了叶桑的注意。从橡皮艇停泊的位置可以眺望到荒野上的货柜屋。叶桑回头观看，阳光正好斜照在它身上。金黄的光泽下，迷彩货柜屋那略带铁锈的外壳，看来仿佛废墟般荒凉。他吓了一跳，已经好久好久，没有如此从容且仔细地去看自己住了那么多年的蜗居了。

“叶阿公，那个货柜以前是不是军用的？”小和突然道。

“不是，是一般货柜。”

“为什么要涂上迷彩？”

“伪装啊！不要让它在沼泽里太显眼。”

“这跟打仗好像。”小和满脑子电影里军队打仗的影像。

“打仗？”叶桑愣了一下，他联想到这几年自己在沼泽的抗争工作。

最近，他对周遭的生活也越来越没有安全感。尤其每次到城里办事，纵使不和人接触，只是看着路上行人的匆忙往来，他都有极大的不快与不安。人太多了，事也太繁杂了。他只有回到沼泽，回到这个独住的货柜屋才能放松自己。

“叶阿公以前考试有没有作弊？”

“怎么突然问起这个问题？”

“随便问问。”

“我们那时候作弊都要退学的。”

“噢！”小和愣了许久。

阿公回来了。刚才他借口忘了带一些渔具，到街上的钓具店去买。事实上，他是偷偷去便利商店买巧克力。好久没有买巧克力了，他不知道包装都改变了。结果，那儿只卖小和带的那种长条的巧克力，没有一片一片包装的，但他还是一口气买了三条。

他也顺便去市场打听鲈鳗吃小鸭的事，看看是否有如叶桑所说的夸张。结果，确实是有两三只小鸭突然消失了，但是否鲈鳗作为，没有人敢断定。

叶桑不过是老毛病又犯，随便臆测罢了，阿公想。知道事情原委后，阿公这才放了大半个心。

“今天看来天气不错！”阿公对叶桑笑吟吟地说。

# 31

用完早餐，他们随即出发。

橡皮艇在芦苇丛里穿梭，他们再次前往小岛。阳光暖暖地照在河面，水鸟们飞得特别频繁，芦苇丛里也到处有秧鸡“苦哇苦哇”的忙碌叫声，仿佛现在已是春天。

叶桑在船头划桨，指着两只在水草间翩翩起舞又相互追逐的小白蝶：“纹白蝶来得真早啊！”

“纹白蝶。”小和不知不觉地跟着轻念。

“今天的沼泽区好像特别热闹。”叶桑精神抖擞地向前划。

“嗯。”

“阿公，会不会有一些是动物们都知道，而我们却不晓得的事情。”小和突然问道。

“你要说什么？”

小和耸耸肩，似乎无法清楚表达昨晚莫名浮现的梦境。

“小和，是不是想家了？”船头逆风，叶桑的声音才一出口就被风吹走了。

小和未听见。

“下一回还想不想跟阿公出来？”叶桑继续问。

小和忙着伸手指小岛的方向：“那边有许多鸟在飞。”

阿公用望远镜看了一阵，喃喃自语道：“这里很少有那么多海鸥聚集，下面一定有什么好吃的食物。”

“一定是我的小鸭被鲈鳗咬到了。”叶桑兴奋地说，一边也取过望远镜。望了许久，他注意到这些海鸥似乎相当亢奋，盘旋得十分恣意。

橡皮艇朝放置木饵的水道划去。海鸥群仍在他们前方集聚。连小和都有一种预感，河湾一定出现了什么东西。他们赶忙划动，时不时拨开撩人的草叶，穿出芦苇丛时，眼前的水道出现了一幅惨不忍睹的情景。河面上的木刻老鼠和小鸭都失去踪影，两边的芦苇东倒西歪，枝折茎断者不计其数。而更深入的河湾里面，他们朝那儿看去，一头黑色如小山丘般的鲸鱼赫然横躺在那里……

# 32

白牙再次找到赫连么么时，它们的年纪已经大得彼此都认不出对方了。

“那次从河里回来后，有一段时日只要接近海岸就会害怕。”赫连么么说。

“是的，勇气减少了许多。”白牙已经垂垂老矣，尾鳍缓缓摆动，眼角都有茗荷介生长。

赫连么么点头表示赞同：“连智慧也减少了。”

接下来，赫连么么问白牙去过哪里，白牙笑而不答，只说，该去的都去了。赫连么么不明白白牙的意思。像白牙这样勇于寻求新事物的鲸鱼，在溯河结束后，应该还有很多庞大的计划等着去实践吧？

“有没有跟其他雄鲸精彩地打斗过？”

赫连么么勉强苦笑：“没有碰到比你更凶恶的对手了。”

白牙也报以凄然的微笑。

“后来有没有再去过河里？”赫连么么追问。

白牙叹了口气：“好像应该再去。”

“为什么？”

“我也不知道，总觉得这辈子应该再去一次，心里才会安静下来，”白牙继续喃喃自语，“真怀念那些草，还有阳光。”

赫连么么没有吭声，它想到深陷在泥沼时内心的恐惧。

“虽然在那儿只待了一点时间，但你会觉得，整个海洋的生活从此变得没什么意义，”话音刚落，白牙又修正自己的看法，“不，好像应该是去了，所以海洋的生活才更有意思。”

赫连么么不想再聊这个话题，白牙却兴致勃勃。

“你知道吗？我回来后，当时还想去更南方的热带海域。”白牙说话时，几乎被茗荷介垂盖的眼睛仍闪着一抹亮光。

“后来为什么不去了？”

“不知道，我相信这不是体力的问题，而是年纪大了，突然有一天，就会对海有一种依赖性。”

白牙无法具体形容这种感情，只觉得是一种海越来越大，而自己却被绑住的心境。它很害怕被这种大所吞噬。现在，它觉得重新去检视过去的行径，可能比什么都重要。“我宁可让自己消失于过去的某一个经验里，而不愿投入一个不可知的未来。”

赫连么么发现，白牙说这些话时，全身都颤抖起来，整个身子变得愈来愈小，像一头刚出生无依无靠的小幼鲸。它从未想到白牙会有这样的形容。

白牙的坦诚，并未使赫连么么与它交心，毕竟，相隔那么多年才再会面，赫连么么一点准备都没有。

白牙一说完，赫连么么反而觉得白牙离它更远了，比一头陌生的鲸鱼更陌生。它们暧昧地交会而过，胸鳍相互摩挲之后，竟再也未回头。等赫连么么突然冒出一种念头，想再问问白牙时，白牙已消失了。

第二天，赫连么么再到这块海域寻找白牙，也未再看到它的踪影。它跟其他鲸鱼打听，没有鲸鱼知道白牙去了哪里，别的地方也没有它的消息。但赫连么么觉得有一些事还想跟白牙沟通。

白牙到底在想什么，也许没有答案。纵使有，这对白牙或对其他任何老鲸鱼而言也都不重要。重要的是它是否生活过？但白牙为何这时再来找它呢？是不是跟那一次的溯河有关？

赫连么么急着想再找到白牙。这是一头老鲸鱼和另一头老鲸鱼面对面才能解决的心事。尤其是它们拥有一段年轻时一起探险溯河的经验。眼看北返的时间迫近，但仍未见白牙出现。

赫连么么想了许久，突地恍然大悟。它知道白牙去哪里了。

于是，赫连么么强撑着一天游不到三十海里的身子，再度赶往当年溯河的地方。

一星期后，它抵达了河口，远远地看到沙滩上有一团大黑影。它慢慢接近，仔细一看，赫然发现果然是白牙。

后来，赫连么么一直在想最后的对话内容，白牙到底想表达什么。

## 33

叶桑和阿公在野外都遇见过，蓦然在眼前矗立的险峻山脉、奔泻轰隆的巨瀑或是直插云霄的大红桧等自然界的雄伟景观。不过，这些都是在旅途上可以预期的，且是有目的的发现，在心理上已早有准备。

鲸鱼搁浅却截然不是那么一回事。这让人措手不及，充满着意外的惊奇，何况是在一条河的岸边。

更重要的是，这头鲸鱼还活着。那么巨大地活在一个从来就不属于它的空间里，好像是一个外星人来到了地球。

是的，毕竟未接触过这样大型的海洋哺乳类，鲸鱼庞大的身躯的确像一个外太空来的奇怪生命体。这不是梦，却像一个带点郁结的梦，正在进行，并结实、紧密如巨岩般地压着他们每个人的胸口，让他们全然透不过气来。

“好大的鱼！”小和率先大声说。

他也和阿公、叶桑一样，完全愣在原地，不敢相信眼前的事实。随即，他闻到一股相当难闻的腥味，自巨物身上发出。他站在原地，捂着鼻子。

“不是鱼，是座头鲸。”

从长长的胸鳍，叶桑一眼即认出座头鲸，但仍观看了许久，等心情平静下来，才缓缓吐出这句话。

之后，叶桑小心地踩着较硬的泥沼，一边往前接近，一边仔细地打量鲸鱼布满茗荷介的身子，浓烈的腥臭继续扑鼻而来。“怎么会在这里出现呢？以前听说有海豚跟鲨鱼游进来过，可是从没有鲸鱼的记录。”

叶桑终于抵达鲸鱼的身边："看来年纪不小了。"

阿公恢复镇静后，完全没有听进叶桑在讲什么，对鲸鱼的存在也视而不见。他只顾走过去，绕着鲸鱼，眼睛不停地四下搜寻，急切地想要找到木刻老鼠。结果，他发现木刻小鸭横躺在鲸鱼旁，便顺手捡了起来，但一个不小心，差点陷入泥沼，急忙把小鸭放入口袋，用手去攀住鲸鱼。意外地，霎时间，他感受到一种鲸鱼皮肤特有的紧密与厚实，又有一股像钢铁般冰冷的寒意沁过他的手心，令他顿时产生奇怪的震撼。这是他平常研究鱼类从没有过的感觉。这时，他似乎才正视到鲸鱼诡异的存在，整个芦苇丛变得肃杀起来。

小和虽不习惯那难闻的腥味，却不知不觉地走向前，浑然忘了新球鞋会沾染泥泞。他仿佛在哪里见过这头鲸鱼。然后，他似乎看到鲸鱼睁开眼，又迅速闭合。

"阿公，鲸鱼还活着吗？它睁开过眼睛！"小和大叫。

"嗯！"阿公看到小和换穿了新球鞋，"小心，不要陷到泥沼里。”

“陈君，你认为它是如何进来的？”

叶桑似乎对这个问题充满极大的兴趣。他继续抚摸鲸鱼，观察着厚重的茗荷介，像是在研究鱼类身上的鳞片一般。除了一条很醒目的旧疤痕，他没有发现鲸鱼有任何外伤的迹象。

阿公似乎仍在巨大的悸动中。

“陈君，我们是否该快点叫其他人来帮忙？”叶桑知道，一头鲸鱼搁浅，如果不赶快抢救，它死后的尸体在阳光曝晒下很快就会膨胀，比一般动物腐烂得快。

“让渔民知道，他们会抢过来肢解，然后，卖给鱼贩。”阿公终于清醒过来。

“这样只好先通知警察。”

上了报，鲸鱼只会变成政府大肆吹擂河流已治理干净的工具。阿公在心里默想，难道这也是你想要的？

叶桑看阿公不语，大概也明白他的意思，自己想想也觉得确实不妥。

“我们去找其他学者！”

“哪来的鲸鱼专家？”阿公觉得自己才是最好的鲸鱼研究者。

“你只专门研究鱼类。”叶桑知道阿公在想什么。

“至少，它们不是在空中或是陆地。”

“它迟早会被发现。难道你要等它死了，等你的研究结束了才让人知道？”

“渔民一定看不见。除非，他们也走进小岛。”

“你并不是唯一的发现者。”叶桑语气变重，嗓音拉高。

阿公似乎充耳不闻。

“我要救它。”叶桑语气坚定，几乎是在用吼声了。

阿公眼神平和地盯着叶桑，仍不疾不徐地说：“做这种事不能太情绪化。”

叶桑气得目瞪口呆，继续用威吓的口吻：“我给你一分钟考虑。”

“一个小时也一样。橡皮艇是我的，要找人求救，自己游泳出去吧。”

这下叶桑愣住了，他没想到阿公居然使出这种卑鄙的手段。

“最好是保持原样。”阿公仍冷静如常，转过头来观察周遭的环境。

叶桑的脾气又要爆发时，小和突然激动地在旁大吼：“为什么不救它出去？”

阿公吓了一大跳，急忙回过头。

叶桑更未料到小和竟站到自己这一边。

阿公有点不敢置信地注视着满脸通红、一股怒气的小和。

“这头鲸鱼能从河口游进来，绕过那些窄小的水道，再来到这里，而且那么准确地滑入沼泽，一定是下了巨大的决心。不然，绝不可能做出这么巧合的事。”为了对小和解释，阿公慢条斯理地说。他读过一些研究报告，鲸鱼搁浅的因素不外生病、迷航，或者被杀人鲸追击，但纵使如此，最多也只是在海里搁浅，绝不可能深入到河岸沼泽。

“可是，它要死了。”小和完全不听，继续大声嚷道。

“也许，说不定，这正是它想要的。”

“照你的意思，好像我们应该尊重鲸鱼的选择？”叶桑很不以为然地插嘴。

小和误以为叶桑动摇了，急得大喊：“你们都是坏人，只会自以为是。”

阿公和叶桑不明白地紧盯着他。

小和想起了昨天的那只小飞蛾，颓丧地低头自语：“它还活着呀。”

叶桑未料到，小和居然比他还热切。他仔细想，不管阿公说得有无道理，他都应下定决心，无论如何要救这头鲸鱼。任何动物都有生存下去的权利，他无法眼睁睁看着一头动物在自己面前死去。

“我这样做是因为考虑到它们的习性。”阿公又费心地解释。

小和仍是一脸不悦。

“最近有一份研究报告提到，有人认为它们是因为厌倦了族群的体制生活而选择上岸。”

“我们是学科学的，怎么可以用这种没有实证的推断？”叶桑趁机反讽。

“我读过的资料比你多。”阿公也生气了。

小和听不懂他们两人的对话，也不想听。

他走得更近了，期待鲸鱼再度睁开眼。他学叶桑的样子轻轻地触抚这个庞然巨物。他并不觉得味道难闻了，反而认为这是一种生物活着的证据。

他慢慢地俯身贴近鲸鱼，静静地聆听，清楚地听到它浓浊沉重的气息声。

“小和，不要太靠近，小心陷到泥沼里。”阿公在后头喊。

小和激动地回头大叫：“我们应该想办法让它回到大海里去。”

阿公再一次不厌其烦地强调：“小和，也许鲸鱼不想回到大海里。我们硬是把它救回去，反而是不尊重的表现。”

小和转过去，双手捂住耳朵。

阿公拉高声音，继续耐心地讲下去：“我们应该尊重大自然的衍替、兴落。”

“没想到你也会讲这种话。”叶桑继续挖苦他。

阿公不理叶桑：“这头鲸鱼只是在完成它生命过程里最后的一步路。我们的出现是意外，我们应该视而不见。”

“我要救鲸鱼！”小和又愤怒地大吼。

阿公有点不知如何是好。

“陈君，外国人也是救了再说，我还没有见过像你这么冷血的人，”叶桑仍在旁冷嘲，“你还是当年那样的自以为是。”

像阿公这样硬脾气的人，他只能用这种方法。

三个人在原地沉寂不语好一阵。

“好吧，”阿公果真受不了这种嘲讽，“你们两票，我又有什么话好说。唉，你们只是在折磨它而已。”

“我就知道你良知未泯。”叶桑喜出望外，开玩笑地说。他没想到老友那么快就软化。

小和转怒为喜，又蹦又跳，把一双球鞋踩得尽是污泥。阿公想提醒已来不及。

“可是，你们怎么救呢？”阿公看着赫连么么的庞大身躯，不禁疑惑起来。他直视着叶桑，看他在愤怒之后，如何解决这个实际的问题。

叶桑也呆住了，这个问题确实把他考倒了。

他想了许久，突然拍手大叫：“有了，我想到一个很棒的方法。”

“你想怎么做？”阿公好奇道。

叶桑故作神秘状：“这事要等涨潮时才能解决。待会儿我再告诉你，我们先回去，等晚上再来。”

“不要，我要在这里。”小和嚷道。

“我们在这里只会让鲸鱼更加不安，还不如让它安静地休息。”叶桑边说，边走到河边拎了一桶水，浇到鲸鱼的身上，让它舒服一点。

“我也来。”小和抢过水桶，急忙到河边提水。

# 34

要回北方之前，骆加问过赫连么么："你以前都是如何与雌鲸对话的？"

"对话？"赫连么么很奇怪为何问这个问题，"很简单，跟其他雄鲸一样，我教它们如何避开敌人，如何吓退敌人，还玩游戏、唱歌给它们听……"

"还有呢？"

"还有，譬如说，如何在河口捕食、潜伏河床、辨识地标。但我不太想只是为了赢得它而决斗……因为，这些事都不是最重要的东西。我们必须离开现有的体制，才可能找到自我。"

骆加泅泳离去。赫连么么看它生气地远离，赶紧跟上。“你不要以为我没有这种能力，我只是不想而已。”

赫连么么说完，浮出水面，吐气，朝午夜的海岸游去。

这时换骆加跟上来。

“你不是说要走了吗？”

骆加点点头。

“为什么还不动身呢？”

“你的身体……”

“我只担心自己的脑子。”赫连么么径自转身，吟诵起自己新创作的歌：

遥远陌生的地方，
或许有一群磷虾，
但我看见了自己。

骆加有点不忍心，继续跟上来。

“我用了一辈子的时间，连和自己对话都来不及，如何跟其他鲸鱼沟通呢？”赫连么么默想。它蓦然转头，吐出一串大水泡，遮住了骆加的视线，自己趁机游远了。

# 35

回到营地，刚入睡，小和又做了一个梦。

午夜时，他独自一人又蹲在小岛的泥沼地吹口琴。他吹的歌曲曲调很简单。他闭上眼，很认真、很投入地头一次将一首歌完整地吹完。然后，一遍又一遍。他慢慢睁开眼，忽然看到脚跟前来了两只小老鼠，立着后腿，像袋鼠一样，凝视着他。他有点吃惊，未料到芦苇丛上也停了四五只眼珠火红的大小夜鹭与猫头鹰，静静地蹲伏着。

此外，芦苇丛边，还有一些秧鸡、野兔也跑来，专注地将目光投射到他的身上。他停止口琴声时，未料到，所有观赏的动物都不安地鼓噪起来。他只好再吹，动物们听到口琴声又安静了。

小和也不知自己又吹了多久，反正已吹得相当疲累，两边的腮帮子酸得都快撑破了，仍不敢松口。他迷迷糊糊的，完全不知道自己在吹什么，只觉得耳边都是口琴声，不断地响着……

## 36

叶桑回到货柜屋，取出那台复古式的唱机，再赶去街上，向友人借要给鲸鱼听的唱片。

阿公在营帐等候。从昨晚到现在，睡了不到几个小时，他原本想再多睡片刻，却一点睡意也没有。小和在他旁边不断地发出鼾声。

不久前还吵着要回去的孩子，突然就变了。小和会如此冲动，阿公颇感意外。这孩子似乎对这头鲸鱼顿时产生了很深的感情。他走出营帐蹲在营火旁，无意间触摸到一块什么东西，从口袋掏出，是刚才捡回的叶桑的木刻小鸭。

现在，阿公可以仔细瞧瞧叶桑的手艺了，无可置疑，这一回叶桑的刻工比以前进步了许多。不仅入木三分，也远比他这次的木刻用心多了。他心虚地倒抽一口气，难怪，叶桑比过去更有信心。

阿公一边看，脑海里却满满的都是鲸鱼的形影。想到自己摸它时那一刹那的触觉，这种触觉让他有点不知所措。与其说他从未见过如此大的动物，还不如说这是他第一次被另一种活着且即将死亡的巨大生命所震撼。

“会不会是因为初次见到，才会产生这种非理性的情愫？我冷血？”他想到了叶桑对自己的反唇相讥。

突然间，他想起另一件近乎遗忘的往事。

那是十几年前，他和叶桑一起，尾随一位泰雅族老人回到他的旧部落。

约六十年前，老人在旧部落的族群被日本人强迫迁移到平地。现在，过去的旧部落已没有人定居，只剩猎人偶尔去那儿落脚。老人要回去拜访一位老朋友。这位朋友是一棵大树，一棵三百多年灰白的大九芎。

他们走了三天两夜，翻越许多峭壁、危岩，涉过无以计数的深壑、溪涧。进入一处开阔的山谷后，远远地就看到那棵九芎，像伞的骨架撑开，孤立在山岗上。

老人跟他说，每次看到山岗上的九芎，就知道到家了。那种感觉很舒服，没有东西可以取代。从小，老人就是在这棵九芎树下游戏、长大的。童年因树的挺立而完整地存在。

以前老人年轻时，常常回故乡。现在年纪大了，走不动，无法走长远的路。那一回，他们知道可能是老人的最后一趟。

他们站在山谷远眺九芎，老人在旁叙述九芎的故事时，泪水不断地滚落。原来的那棵大九芎并非今日只剩枯枝的模样，而是枝叶繁茂，远看如蕈菇般的肥壮。

他们这才知道，原来最近矿务局将山头承包给厂商，让厂商在那儿恣意开采风景石。大九芎生长的位置刚好处于开采的地方。

那一天，老人也带他们走上山头观察。整个山头像是被削了外皮，只剩一根小枝茎连着细白果肉的梨子。那根小枝茎就是大九芎。

整个山头不仅遭到肆意挖掘、砍伐，连大九芎的根茎大半都遭砍断。大九芎像断了四肢的动物。近看时还有叶子，至少仍有三四片青绿的老叶悬挂枝头，但更多的枯叶掉落在附近的土地上，积得又厚又满，踩上去松软如地毯。老人说，每年春天都是大九芎最早长出浅黄嫩芽的，但今年旁边的小九芎都已一片翠绿，独不见它有任何动静。

叶桑激动得一直要拉阿公马上下山，准备把这个事件报道出来，挽救这棵垂危的九芎。

回去也要三天两夜，如何找人来抢救呢？阿公当然反对这种莽撞的行动。他也知道大九芎即将枯死，却不敢跟老人说实话。他从未见过如此高大、灰白的九芎，空气中流动着庄严、森冷的气味。他走近观察，隐隐感觉九芎正在俯瞰着他，山头风大，似乎混有它浓浊的沙沙声，带着许多只眼睛，让他全身变得不自在起来。

## 37

不知何时，天上已乌云密布，未几，豆大的雨珠噼里啪啦地掉下来，沼泽犹若处于暗夜。

小和迷迷糊糊地醒来又睡去。

叶桑打着伞，抱着他那一台复古唱机与两张唱片来到营地。阿公看到随即明白，叶桑拯救鲸鱼的计划。

阿公把三条巧克力全放入小和的背包。

“还好下雨了，我真担心鲸鱼会干死，”叶桑躲进营帐，“不知鲸鱼会不会溜走。”

“会跑到那么内陆的地方，一定不是迷航。”阿公揣测着。

“你实在应该感谢这头鲸鱼。如果不是它出现，我这次一定会打败你。”叶桑专注地检查久未使用的唱机，仍然不忘比赛钓鲈鳗之事。

阿公似乎没兴趣再与叶桑提及钓鱼比赛。“放音乐引鲸鱼出来，没想到你还有这方面的概念。”他检查叶桑带来的那两张唱片，一张是巴赫的，另一张是摇滚乐。

“你这几年好像都没有再发表报告。”

叶桑愣了一下，苦笑道：“你永远不会了解我。”

## 38

说实在的，从任何方面来说，赫连么么都找不到让它做出溯河这样严肃决定的理由。它会溯河，有很大的因素要归咎于对生活的不知所措，或失去生活目标吧？

白牙再去河口时，它最后也跟随而去，恐怕不是一种友情的召唤，而是它不知如何继续面对生活。反过来说，像赫连么么这样的鲸鱼，似乎也不需要什么强大的理由，就能促使它做出溯河搁浅的决定。

# 39

身体是干枯的海床，

最接近的一朵云在地平线消失。

午后，大雨停止，太阳又露出脸来。

赫连么么因干渴、难受而醒来，还以为自己已死去。刚才它在冥冥之中感觉又有动物走近，令它产生极大的不安。现在四周空无一物，高大枯褐的芦苇丛婆娑摇曳着。暖冬虽不热，曝晒半晌也有点晕眩，醒了又充满睡意。远山朦朦胧胧，比刚来时远而模糊多了。

它曾经交配过的雌鲸并不多。就一头座头鲸的雄鲸而言，这个数量算相当糟糕，而且在最后还选择上溯河流！

它这辈子好像没做过几次正确的决定，一想及此，赫连么么不免怪起白牙。难道是白牙诱骗它来河口，故意引诱它上溯？这是一头老鲸鱼给另一头老鲸鱼的最后礼物？用它自己的死亡？

赫连么么胡思乱想地推测了一大堆不合情理的事，终究不知自己要或是不要什么。

最后，它终于确定了一件事，自己不能像一头鲸鱼一样正常地死亡了。

它觉得很骄傲。

末几，心里却又不平衡起来。连死亡的位置都比其他鲸鱼要差一些，它的心里萌生一种失去安全感的小小恐惧。可是，一路上溯时的心情为何都那么平静，好像所有事情都已看透似的？它发现，其实自己对海洋还有很深的眷恋。

唉，算了！这辈子就这么白活吧！它这么一想，心情又快活多了。

## 40

仍是星光明亮的洁净冬夜，潮水已满潮一段时候。

橡皮艇划入水道才停下来。不远处，鲸鱼乌黑的身子横陈在泥沼岸边，隐隐发亮。

“我们就在这里。”叶桑把木桨收回。

“会不会离鲸鱼太远？”阿公问道，双手正忙着用傻瓜相机拍照。

“在这里播放，整个沼泽都听得见。”叶桑说。

小和想到阿公也这样跟他说过时，差点笑出来。

“小和，你就在这里守着唱机，尽量不要动，也不要随便说话。我叫你放唱片时，你才打开唱机。”叶桑说。

小和紧张地点头，不断地瞧着远处的鲸鱼。

“你确定距离没问题？”阿公又有点疑虑。

“再划向前，并没有什么差别。”

“以前真的有人这样试过？”

叶桑愣了一阵，勉强回答：“我好像在一本国外的科学杂志上读过。”

阿公听了有点担心，他仍怀疑叶桑可能是道听途说得来的知识。

叶桑抽出一张唱片放到唱机上。

“这是谁的？”小和问道。

“巴赫。”

“巴赫？”

“一个著名的德国音乐家。”

“你为什么选他？”

“因为有一种白色的鲸鱼很喜欢他的音乐，一播放就围拢过来。你可以播放了。”

小和轻轻地把唱机打开，却不敢放太大声。

“可以再大声一点。”叶桑说。

唱片在唱针下缓缓运转，巴赫的曲子在黑暗中扬起。突然间在这个地方听到这曲子，不仅格格不入，还让人觉得十分怪异而荒谬。但随着河水微微起伏，音乐似乎慢慢地和河水融合在一起，像上游的河水注入了沼泽，流转出柔美的音韵。旋律中藏着某种寂静。他们也慢慢地安静下来。不知不觉中，人连带着船也在音乐的节奏里，随河水缓缓地摇晃起来。

但是鲸鱼呢？

他们紧张地盯着芦苇丛，目不转睛。未几，疑惑开始产生，因为鲸鱼始终毫无动静。

“巴赫的作品虽然很深沉，但是，很适合疗治心灵的伤痕，鲸鱼会喜欢的。”叶桑跟他们祖孙二人再解释一次。

阿公清楚巴赫的作品向来有一种理性，蕴含着比较纯粹的东西，没有情绪，这是需要平心静气才能领悟的，但一头鲸鱼如何能体会？他实在难以想象。眼前的叶桑看来比十几年前更加无理性了。

阿公也记得叶桑年轻时只喜欢在运动场上跑跳，很少参加他们的爱乐社，根本谈不上有音乐的情趣与品位。

“你什么时候懂起古典音乐了？”

“我相信这头鲸鱼懂得的不会比你少。”叶桑知道阿公的语句中充满暗讽，干脆回了这样伤人的重话。他准备好要和阿公再吵架，但这回阿公意外地未回嘴，只是脸色沉了下去。

过了许久，芦苇丛中仍没有动静。

“要不要放弃，想别的方法试试看？”阿公不耐烦地建议。

叶桑继续紧盯鲸鱼，一点声音也不吭。

“能不能让音乐奏完。”小和坚持道。

“我们如果要争取时间，最好到岸上去想别的方法。”阿公不以为然。

“可是，鲸鱼或许已经听到，它可能已经设法在动了。”小和突然想起不久前的梦。

“小和，很抱歉，我实在看不出来。”阿公冷然地说。

叶桑仿佛置身事外。

“可是，你看！”小和突然激动地站起身大叫，手指着鲸鱼。

阿公和叶桑也纷纷站起来，他们无法相信眼前发生的事实，因为鲸鱼的确在移动了。

鲸鱼移动了。芦苇丛中发出芦苇秆茎被挤压的连续断裂声。它慢慢地转动，好不容易回过头来，正对着小艇，喷气，像火车要出驶一样，慢慢地入水，朝橡皮艇游来。

“天啊，没想到真发生这种事。大家千万不要慌张。小和一定要抓稳唱机，我们要向后划了。”叶桑一边压抑着兴奋，低声命令，一边摸桨，摸了好半天才握住。

“陈君，快点啊！”叶桑也向仍端着傻瓜相机发愣的阿公低声叫道。

于是，他们将橡皮艇慢慢划入河心。

巴赫的音乐继续在微暗发光的河面优雅地回荡着，鲸鱼始终紧跟在后，露出驼峰，保持一小段距离。偶尔，抬起尾鳍或胸鳍轻拍河面，激起银亮的小水花。

“看来好像是在悠游，不像搁浅过的样子。”叶桑兴奋地赞叹道。

小和不停地摇头晃脑，仿佛是跟着它一起游泳般，完全忘了自己是在船上。

“我们朝河口划去。”叶桑说。

“太远了，划不到。”阿公终于开口。

“管他的，能划多远就划多远，至少让鲸鱼有个准确的方向，知道河口的确切位置，何况现在已开始退潮。”

阿公看着叶桑的背影，仍跟学生时代一样，有不服输的战斗意志，如橄榄球员的双肩仍夸张地高耸着。

鲸鱼开始潜水，每回都迅即浮出水面。很显然因离开水面太久，在重新调整自己。

此时不停划船，才感觉河面宽阔如大湖。叶桑回头看小艇上的情形，只见阿公整夜未睡好，满脸通红，气喘如牛，仍是硬撑着摇桨。

“陈君，再撑一下，我们至少要带它通过铁桥，”叶桑气喘吁吁地说，“小和，能不能倒杯水给我。”

“你能够照顾自己就好。”阿公喘着气，不服输地喊道。

小和也想倒一杯给阿公。

阿公摇头。

叶桑其实已累得四肢乏力，划起桨来，双手好像都不是自己的了。他注意到红树林根茎的水位："糟糕，潮水退得很迅速，如果不快一点，鲸鱼就无法游出海。"

又不知过了多久，唱片突然转完。

"陈君，你觉得换一张节奏快一点的唱片如何？"

阿公累得快说不出话来。

"小和，换另一张，看鲸鱼会不会游快点。时间快来不及了。"

"好！"小和兴致高昂，手脚利落地取出巴赫的唱片，换上摇滚的。河面迅速响起激烈、刺耳的重金属音乐，比刚才的声音散布得更加遥远。

但是，鲸鱼停止了泅泳，浮在原处，毫无前进的意图。

“它不喜欢摇滚，它喜欢巴赫。”小和急得大叫，慌忙站起来，差点把小艇摇翻。不等阿公和叶桑反应，他赶紧又将巴赫的唱片换上去。

可是，等他放好，鲸鱼已不见踪影。

# 41

赫连么么沉入了河底，偶尔吐出水泡，调养自己整晚消耗的体力。适才，它闻到河口外，隐隐传来黑潮的味道。连茗荷介似乎因闻到这味道也在它身上不安地骚动起来。

“这味道会引领鲸鱼回到有很多冰山和磷虾的地方。”它记得米德说过这样的话。

黑潮、小熊星座，还有远山都是鲸鱼永远的朋友，它想。茗荷介呢？这些从生陪到老死的小东西，是朋友吗？

赫连么么无法作答。

适才突然爆出一阵声音，跟船发出的声音一样嘈杂，让它本能地下潜。好久没有潜到水底，它觉得舒服极了，好想就这样在水底一直待下去。

水面上再度响起那一悠扬平和的声音。好舒服的声音，让它怀念起和母亲一起生活的时光。母亲将它高举，顶出水面。还有和其他鲸鱼一起哼歌、游戏，一起制造水泡网围捕磷虾的时日。它也看到每一头鲸鱼了。米德、骆加、白牙，以及交配过的雌鲸，还有自己的子嗣，都在冰山海湾集聚。它兴奋地加入，哼起歌来，并再度向那乐声浮上去。

当冰山开始旅行时，
我们到它们离开的地方，
把过去的智慧种植在下一代的心田。

## 42

他们在艇上等了许久，突然艇底震动起来。叶桑大叫：“听到没有，鲸鱼在下面哼歌！”

“真不可思议！”阿公惊奇地喃喃自语，又紧张地擦汗。无意间，摸到木刻小鸭，他取出来想要还给叶桑。

这时，水面又寂然无声。阿公愣了一下，急忙将木刻小鸭收回。

他们三人都紧张得不敢发出声，全心期待河面会发生某些事情。水面只剩巴赫的音乐随波起伏。

他们果然等到了。未几，鲸鱼又哗然浮出，喷气。

他们也马上握桨，朝河口划去。

但鲸鱼却未再如先前那般尾随橡皮艇。

他们急忙停止划桨，观察动静。

橡皮艇一停，鲸鱼随即慢慢地绕着橡皮艇泅泳。

三人都未讲话，全神贯注地注视着鲸鱼的一举一动。

鲸鱼缓缓地转个两三圈后，仿佛很疲惫，静静地浮着，不再拍动胸鳍。

小和赶紧将唱机转大声，但鲸鱼仍像一座小岛寂然不动。

“它怎么了？”小和紧张地大叫。

阿公摇摇头，无从判断，心里却猜想，大概是体力耗尽，就像他无法再划桨一样。

“它会不会是受伤了？”小和转而问叶桑。

叶桑也不知如何回答。他觉得，这头鲸鱼好像一个人在对某些事长久地产生绝望后，仍坚持要去完成一件不可为的大事一样。

小和眼看他们两人愁眉不展，似乎意识到某种不祥，转而激动地朝鲸鱼大喊：“快点游啊！快点朝河口游去！你这个笨蛋！”

情急之下，他慌忙站起身，先将自己的运动帽投出，再拿出口袋里的玩具手枪，狠狠地投掷过去。然后，他又在艇上寻找任何可丢掷的东西。叶桑赶紧抱走唱机。小和遍寻不到，只好举起木桨，不断地拍击水面，企图将鲸鱼赶走。

阿公慌忙站起来，试图阻止他，未料重心不稳，“啊呀！”地惨叫一声，连着胸前的傻瓜相机一并翻落水里。

还好，没多久，阿公随即露出了脸。叶桑赶紧划过去，费了一番劲，辛苦地把他拉上了橡皮艇。两根木桨却随水波漂走了。

小和依旧着急，继续声嘶力竭地对着鲸鱼大喊。

阿公全身湿淋淋地在一旁发抖，指着鲸鱼大喊：“它动了！”

小和这才安静下来，整个河面顿时又死寂一片。

可是，他们全都愣住了，因为鲸鱼是朝反方向缓缓地泅泳，很坚决地离去。

鲸鱼似乎要游回沼泽，有一种人类无法理解的力量驱使着它。

鲸鱼真的是自己选择搁浅？

小和想起昨天阿公的解释，突然想再喊叫，却不知如何开口。

河心只剩橡皮艇孤独地漂着，鲸鱼离他们愈来愈远。也不知何时，河面又起雾了，最后，鲸鱼在雾气中消失。

小岛也隐藏在雾里。不久，小和仿佛听到芦苇再度发出连续断裂的声音，以及鲸鱼最后的喷气声。

叶桑靠过来，轻拍小和的臂膀，声音沙哑地说：“它回去了。”

## 43

最后是什么原因，使得它又回头游上岸呢？赫连么么自己也说不上来。它只是觉得非常疲倦了，必须赶快休息，这样才能挪出一个位置，让海洋有更大的空间。

赫连么么再次缓缓地滑入沼泽，比前几回都顺利、平稳。

它随即做了一个梦。在梦里，它和白牙前往热带海域去冒险。从来没有座头鲸去过那儿。它们在沙滩搁浅，旁边有高耸的山峦。它们又遇到海鸥。许多海鸥飞降在它们身上，痛快地啄食茗荷介。

它已很久没有做梦。醒来时，仍是月明星稀。

远方有哭泣与快乐的声音，
它们一如茗荷介的生存，
但最后和我并躺的只剩下山。

赫连么么沉吟道。

## 44

“河水愈来愈脏了！”阿公感觉全身都在发痒。

“没想到你也会抱怨河水。”叶桑说。

河面被团团大雾罩住。

阿公因全身湿透，冻得发抖，还不停地打喷嚏。“希望其他人发现鲸鱼时，它只剩白骨。”

“我喜欢刚刚那样交会而过的接触，”阿公又自言自语起来，“好像什么事都未发生过。”

橡皮艇继续漂行，也不知要漂向哪里。

小和累了，趴在小艇中睡熟了。

他又做了一个梦。在梦里，他穿着蓝色制服，骑着脚踏车穿过街道，和同学一起并行，赶着在升旗典礼前骑入校门。

“不知道这是哪里？”阿公问。

“大概是河口吧。”叶桑说。

“嗯。”阿公也累了，有点昏昏欲睡。

“糟糕，小猫咪来不及喂饭了。”

远方的雾里似乎有一团大黑影，一闪即逝，阿公吓了一跳，还以为是鲸鱼又出现了。

“我们什么时候再比赛？”叶桑笑眯眯地问他。

阿公摸摸口袋，发现木刻小鸭不见了。现在他最想要的是一杯热奶茶，也想再吃一条巧克力。

“有空，你应该加入我们的保护行列。”

阿公终于睡着了。

不久，他们抵达河口的岸边，那儿横陈着一棵从上游漂下来的大桧木，仿佛一头搁浅的鲸鱼。他们坐在旁边，升起一堆营火，等待日出。浓雾渐渐散去，空出一个更灰冷、空荡且严寒的冬日海岸。海鸥们一边飞行一边聒叫的声音，自远方的远方传来。